名探偵コナン

エピソード“ONE”　小さくなった名探偵

水稀しま／著
青山剛昌／原作　山本泰一郎・柏原寛司／脚本

★小学館ジュニア文庫★

工藤新一が小さくなってしまった
あの日、あの時、
それぞれの場所で一体何があったのか？
江戸川コナン誕生にいたるまでの
これまで明かされてこなかった
物語が、今、語られる――。

1

薄暗い廊下に、大理石の床をカツカツと歩くハイヒールの音が響いた。

宮野志保――コードネーム《シェリー》は、扉の前で立ち止まると、扉の横に設置されたカードリーダーにセキュリティカードを通した。カードリーダーの横に現れたキーボードに暗証コードを入力し、ディスプレイに右手のひらを当てる。するとピッと電子音がして、扉が開いた。

照明が点灯した室内に入ったシェリーは、羽織っていたコートとマフラーをハンガーに掛けると、白衣を着込みながらデスクに近づき、パソコンの電源を入れた。そして部屋に備え付けられた小さな流し台に向かい、電気ケトルを持ち上げる。軽く振るとチャポチャポと水の音がして、シェリーは電気ケトルを元に戻してスイッチを押した。流し台の前にある棚にはマグカップや茶碗に混ざって、《酸化第二鉄》《燐酸水素ナトリウム》のラベルが貼られた二つのガラス瓶が置いてあった。

シェリーはそれぞれのガラス瓶を手に取り、薬さじで中身をすくってマグカップに入れた。電気ケトルで沸いた湯を注ぐと、マグカップが茶色の液体で満たされて、コーヒーの香りが立ち込める。

マグカップを両手で持ってデスクについたシェリーは、コーヒーをすすってパソコンのキーボードを叩いた。モニターに新たなウインドウが開き、実験体のマウスの様子が映し出された。マウスは仰向けに横たわり、ピクリとも動かない。

映像の下に表示された《DEAD》の文字を見たシェリーは、ズズズ…とコーヒーをすすり、再びキーを叩いた。別の実験体のマウスが映し出されたが、それも仰向けに倒れていた。そして同じく《DEAD》の文字――。

続くマウス達も同じ結果だった。キーボードを叩いては、映し出された実験結果を見ていく。すると、シェリーの目がハッと見開いた。

《ALIVE》の赤文字が点滅していたのだ。その上の映像には、小さなマウスが動いている――。

マウスの様子を真剣な表情で見つめていたシェリーは、キーボードを素早く叩き、実行キーを押した。次々と新たなウインドウが開き、様々な角度から撮った小さなマウスの映像が表示される。

シェリーは元気に動き回るマウスをしばし観察すると、電話機の受話器を取り、内線ボタンを押した。

電話機のそばには写真立てが置かれていた。シェリーと姉の明美が並んで笑顔で写っている。

「もしもし。私だけど、ちょっと来てくれる？　ええ、そう……第四ラボよ。面白いものを見せてあげるわ」

受話器を置いたシェリーは、再びモニターを見て、ニヤリと笑った。そして額に手をやり、椅子の背もたれに寄りかかって天井を仰ぐ。

（とうとう、やったわ……！）

2

新一のヤツってば、何なんだろう全く。

毛利蘭は水族館の係員と走りながら、今日のことを振り返った。

別居中の両親を水族館で再会させてよりを戻す計画——名付けて《水族館ドッキリ再会ラブラブ復活大作戦》を思いついて、その下見に幼なじみの工藤新一を誘って米花水族館に来たのはいいけれど、着いて早々いきなり入り口に戻って、〝係員を呼んできてくれ〟、なんて。

作戦の下見というのはほんの建前で、本当は新一と水族館でデートしたくてお気に入りのワンピまで着てきたのに……何だかまた嫌な予感がする。

「新一！　連れてきたよ、係の人！」

水中回廊に集まっていた人達をかきわけるように入っていくと、新一のそばで壁際に男性がしゃがみ込んでいた。

「すぐにこの水族館の出入り口を封鎖して、警察を呼んでください！　周りのお客さんは決して遺体に近づかないように！」

新一の言葉に、蘭は「え」と目を丸くした。

「い、遺体って……まさかその人、亡くなってるの？」

しゃがみ込んでいる男性の胸元を見ると――ジャケットの下のTシャツが真っ赤に染まり、足元の床には血が広がっていた。

「ああ、水族館の誰かに刺されたんだ」

「で、でも何で？　叫び声とか聞こえなかったのに……どうしてわかったの⁉」

新一と蘭が水中回廊に来たときにはすでに人だかりができていて、男性の姿は見えなかった。それなのに、事件に気づいて係員を呼んできてと頼むなんて――。

「赤血球には酸素を運ぶヘモグロビンっていうタンパク質が含まれていて、そいつの主成分は鉄なんだ。ほら、傷口を舐めると錆びた鉄の味がするだろ？　当然、鉄の匂いもする」

「そ、そんな匂いしなかったけど……」

遺体を前にして涙ぐんだ蘭は、新一の言葉に驚いた。

刺された男性の前には大勢の人がいたし、蘭達とは距離もあった。それなのに、血の匂いを嗅ぎ付けるなんて――。

「サメと一緒だな……」

遺体を覗き込んでいる新一はぽつりと言った。

「血の匂いを嗅ぎ付けて現場に赴き、持てる感覚の全てを使って犯人を割り出し、食らい付いたら相手が観念するまで証拠という鋭い歯を食い込ませる……それが探偵さ」

立ち上がって水中回廊のガラスに手をつく新一の背後には、優雅に泳ぐサメの姿があった。

結局、新一はいつものように名推理で真犯人を言い当てて、この事件はすぐに解決した。

蘭達が水族館から出てくると、いつの間にか空は黒雲が立ち込めていて、遠くで雷鳴がゴロゴロ…と響いた。

「さすがにやめた方がいいだろ。殺人があった水族館で《ドッキリ再会ラブラブ復活大作戦》は……」

「そ、そだね……」

そのとき、地面にポツンと雨粒が落ちた。

「やばっ、降ってきやがった」

「え？　ホントだ。じゃあ走って帰ろ！」

新一に続いて空を見上げた蘭が駆け出すと、「あ、おい！」と新一が声をかけた。

「走るなって言っただろ？」

新一は水族館に来て事件に遭遇する前、蘭に『今日はもう走るなよ』と言ったのだ。

手袋をして水族館に現れた蘭は、右手の手袋を口で外して、携帯電話を操作していた。

その姿を見て、新一は蘭が利き手の右手を負傷したと推理したのだ。恐らく空手の稽古中に突き指でもしたのだろう。となると、その指でブラジャーのホックをはめることはできない。つまり、今日の蘭はノーブラということになる。ノーブラで走ると胸が揺れまくって、胸を支えるクーパー靭帯が伸びてどんどん垂れてしまう。だから蘭に『走るな』と言ったのだ。

しかし、理由も言わずに『走るな』と言われた蘭は、わけがわからなかった。

「だから何でよ？」

立ち止まって振り返った蘭は、怪訝そうにたずねた。

雨がどんどん降ってきて、蘭はパーカーのフードをかぶった。すると、フードから何かがスポッと落ちた。

「あ……」

それは蘭の携帯電話だった。地面に落ちた携帯が跳ねて転がり、側溝の格子状のフタの隙間にポチャンと落ちる。

「ウソ！　何でフードの中に携帯が入ってるの⁉」

座り込んだ蘭が側溝のフタを覗き込むと、携帯は完全に水没していた。

「あ、悪い……。犯人がどこに携帯を入れて動画を撮ってたか考えてて、フードの中に入れたの忘れてたよ」

「どーしてくれんのよ!? 買ってもらったばっかなのに……」

ショックで涙ぐむ蘭を、新一は慌てて「な、泣くなよ」となだめた。

「オレがそのうち代わりのヤツを買ってやっから」

「もォ最低！ 新一といるとロクなことない!!」

ついに蘭は泣き出してしまった。

ラブラブなデートスポットに来たら新一といい雰囲気になれるかな…と思ったら、殺人事件に出くわしてそれどころじゃなくなってしまった。新一といるといつもこうだ。二人でアメリカに住む新一の両親に会いに行ったときも、事件ばっかりだったし……。

「わあったよ、んじゃあ、トロピカルランド！ そこに連れてってやるよ！」

「……トロピカルランド？」

初めて聞く楽しげな場所に、蘭はピクリと反応して新一を振り返った。

「ああ。今度、東京にできるらしいぜ？ さすがにそんな遊園地で事件なんか起きないだろうし……」

「全部、新一のおごりなら行ってあげてもいいわよ」

蘭が立ち上がって涙を拭きながら言うと、新一は「え〜〜〜〜!?」と声をあげた。

「じゃあわたしが空手の都大会で優勝したらで、どう?」

「……おい待て！　去年、オメー準優勝だったよな?　で、優勝した三年の先輩、部活引退したんじゃなかったか?」

「約束だからね!!」

蘭は顔を引きつらせる新一に、ビシッと人差し指を突きつけた。

「え——……」

(オレ、小遣い割と少ないんだけど……)

新一が心の中でぼやくと、歩き出した蘭はクルリと振り返った。

「あと、携帯買ってくれるんなら、米花水族館で売ってるナマコ男ストラップも付けること!!」

「ヘイヘイ……」

投げやりな返事をする新一に、蘭はさらに「それから……」と付け足した。

「え～？　まだあんのかよー」

「じゃあこれぐらいでかんべんしといてやるかぁ」

「あざーす……」

小雨が降る中、新一はトボトボと蘭の後をついていった。


夜になると雨脚はどんどん強くなっていった。

降りしきる雨の中、一人の男が傘も差さずに米花港近くの路地裏を走っていた。

腹部に赤い模様が入った黒い蜘蛛に《Ｂｌａｃｋ　Ｗｉｄｏｗ》の文字が書かれた看板の下で立ち止まり、扉を開けて入っていく。

「いやぁ、ひでぇ雨だ。予報は大ハズレだな」

男は着ていたスーツについた水滴を払いながら店の奥に進んだ。薄暗い店内のカウンターには、サングラスに帽子、スーツと全て黒で統一したガタイのいい男が一人で座っていた。黒ずくめの組織の一員、コードネーム《ウォッカ》と呼ばれる男だ。

「彼と同じものを」

男はバーテンダーに声をかけ、ウォッカの左隣に座った。バーテンダーがカクテルを作り始めると、ウォッカはトントンと指でカウンターを軽く叩いた。男がスーツの内ポケットから封筒を取り出し、ウォッカの方へ滑らせる。

ウォッカが封筒を左の内ポケットにしまうと、

「……中身、確かめなくていいのかい？」

男はカウンターに肘をつき前を向いたまま訊いた。

「フン、まがい物なら代わりにお前の命をいただくだけだ」

そう言って右の内ポケットから封筒を取り出し、男の方へ滑らす。

「こっちは確認させてもらうぜ」

男は封筒を持ち上げると、中に入っていた札束を数え始めた。ウォッカはカクテルグラスに手を伸ばし、男が数え終えるのを待つ。

「オーケー、確かに」

男が封筒を内ポケットにしまうと、バーテンダーが「お待たせしました」とカウンターにカクテルを置いた。

「……で、次の仕事は？」

グラスを取った男がたずねても、ウォッカは黙ったままだった。

「一応、次の仕事の触りぐらいは知っておかないと」

「じゃあ知ってるか？」

空いているはずの左隣の席から声がして、男はハッと左を向いた。いつの間にか、黒ずくめの銀髪の男が座っていたのだ。それは黒ずくめの組織の幹部格、コードネーム《ジン》だった。

「最近、組織の周りをコソコソ嗅ぎ回っているネズミがいるらしいんだが……どうだ？」

黒い帽子からギロリと覗く冷酷な瞳に、男は思わず「さ、さあ……」と声を上ずらせた。

「聞いたことありませんね……」

「そうか」

「……じゃあ、次の仕事はそのネズミを探るってことで……」

カクテルグラスを持った男が横目で様子をうかがう。

「いや……ネズミに関しては見当がついてる」

「……へえ……」

目を細めた男は、カクテルをすすった。そして、ハッとカクテルグラスを見つめる。

「うまいっすねえ、この酒…何て名前のカクテルっすか？」

バーテンダーに訊いたのに、なぜか左隣のジンが口を開いた。

「……ラム……コアントロー……レモンジュース少々……《XYZ》……これで終わりって酒だ」

「……!!」

全てを見透かしたようなジンの瞳から、男は一瞬逃れることはできなかった。

「……じゃ、じゃあ、次の仕事があればよろしく」

カクテルグラスを置いた男は椅子から立つと、足早に店を出ていった。扉が開いて雨音が店内に流れ込んだが、すぐにまた静かになる。

ウォッカは席を立ち、ジンに歩み寄った。

「いいんですかい？　兄貴、黙って行かせちまって…ヤツがネズミに間違いねぇんですぜ」

「ああ……問題はない」

ジンはそう言うとニヤリと笑った。


バーを出た男は走って通りに出ると、道路脇に停めてある車に乗り込んだ。荒い息をしながら、運転席から後方をうかがう。誰もいないのを確認すると、ヘッドレストに頭をもたれかけてハァ…と大きく息を吐いた。そしてすぐに体を起こして、車のキーを差し込む。

キーを回そうとしたとき――ふいにジンの顔が頭に浮かんだ。

『……これで終わりって酒だ』

まさか――男は手を止めた。こめかみから頬へ一筋の汗が伝う。

いや、そんなはずはない。

男はすぐに思い直して歯を食いしばった。そして指に力を込めてキーを回す。

キュルル。ブロン。

いつもどおりエンジンがかかり、メーターパネルが点灯した。ラジオからは軽快な音楽が流れ出す。

男は再びヘッドレストに頭を預けて、大きく息を吐いた。

取り越し苦労だったか——フッと笑みを浮かべ、シートベルトを引っ張り出す。差込口にシートベルトの金具をはめようとして一瞬ためらったが、すぐにカチッと差し込んだ。

大丈夫だ。ヤツらにはバレていない——。

男はラジオから流れる音楽に耳を傾けながらシフトレバーを握り、Dレンジに入れた。


ドォン！

轟音と共に車の窓ガラスが吹き飛び、車体が吹っ飛んだ。

ビルの窓ガラスが割れ、前後に駐車した車も爆風に煽られて他の車とぶつかり、ビルの非常ベルと車の警報ブザーが同時にけたたましい音を響かせる。

降りしきる冷たい雨の中、炎上した車からは黒煙がもうもうと上がっていた——。


バーのカウンターに座っていたジンのスマホが鳴った。

「……俺だ……わかった、すぐにずらかれ」

ジンがスマホを切ると、隣に座ったウォッカはヘヘッと笑った。

「……で、兄貴、どうしやすか？　この拳銃密輸のデータ」

男から受け取った封筒を内ポケットから出し、ジンに差し出す。

「構わねーよ、計画どおり進めろ。我々の真意が伝わっているかどうかを見極める…金は用意させたんだろ？」

「ええ…しかし、罠ってことも……」

「それを判断するのは、相手に接触してからでも遅くはねぇ」

「へへ……それもそうだ」

「それに、あそこはあきらめるには惜しい場所だからな」

ジンはそう言うと、酒が注がれたグラスに口をつけた。

3

ピンポーン。ピンポーン。

インターホンの音が何度もして、ベッドで寝ていた新一はようやく目を覚ました。

誰だ、こんな朝っぱらから……。

ベッドから起き上がった新一は、ふあぁ…とあくびをしながら階段を下りて、玄関に向かった。その間もインターホンが鳴り続ける。

『あ、新一？』

インターホンに出ると、蘭の声が聞こえてきた。

「んあぁ、蘭かよ。何だよこんな朝っぱらから……」

『何言ってんの!?　もう十一時よ、十一時！』

「え、マジ!?」

新一はインターホンを切ると、サンダルをつっかけて玄関のドアを開けた。

「おじゃましまーす」

と玄関の前に立っていた蘭が入ってくる。

「んで？　今日は何だよ、日曜だってのに……」

新一があくびをしながら廊下を進むと、背後で蘭がハァ～と深いため息をついた。

「やっぱり忘れてた……」

「ん？　何かあったっけ？」

「何かあったじゃないわよ！　今日は久しぶりに空手の稽古が休みだって言ったら、じゃあ携帯買いに行こうって言ったの新一でしょ!?」

蘭に詰め寄られた新一は、「わ、わりぃ」と苦笑いした。

そういえばそんな約束したっけ。すっかり忘れてた。

「……ったく！　どーせ朝方までミステリーの本でも読んでたんでしょ」

「ハハハ……当ったり～」

蘭はハァ～と再びため息をつき、あきれた顔で新一をにらんだ。

「とにかくさっさと着替えてきて！　その間に何かお腹に入れるもの作っとくから！　朝ごはん、まだなんでしょ？」

そう言ってキッチンへと進んでいく蘭の背中に、新一は「サンキュー」と声をかけた。

「いーい？　ナマコ男のストラップ、忘れないでよ！」

「了解!!」

新一が敬礼をすると、振り返った蘭は疑いの眼差しを向けて、ハァ～とまたため息をついた。

蘭が作ってくれた朝食を食べ終えた新一は、アイランドキッチンのカウンターでコーヒーを飲みながら新聞を読み始めた。

「あれ？」

ある記事を読んだ新一が声を出すと、流しで食器を洗っていた蘭が「ん？」と顔を上げた。

「ほら、先週水族館に行った日の夜、米花港の近くで車が爆発しただろ？」

「それがどうかしたの？」

「それがまだ解決してないらしいんだ」

新一が言うと、蘭は水道を止めてタオルで手を拭き、カウンターに広げられた新聞を覗き込んだ。

〝米花港での自動車爆発事件　いまだ原因つかめず被害者の身元も不明のまま――〟

「……ホントだ、何か怖いね」

記事を読んだ蘭は肩をすくめた。

「でもまぁ、じきに解決するだろ…日本の警察は優秀だからな」

新一の言葉に、蘭は「ははーん」と意地悪そうな笑みを浮かべた。

「その優秀な警察に依頼されるオレって超優秀！　って言いたいわけ？」

「まあな」

あっさりと返されて、蘭は眉をひそめた。

「……ちょっとは謙遜しなさいよ」

「ジョークだよ、ジョーク！」

苦笑いした新一は飲み干したコーヒーカップを置いて、新聞を閉じた。

「んじゃあ、そろそろ出かけっか」

「そだね」

新一が立ち上がって歩き出すと、蘭も後をついていった。


「光彦くーん！　パスパスー！」

寒風に冴え渡る青空の下、サッカーゴールの前で吉田歩美はドリブルする円谷光彦に両手を振った。ゴールに向かってドリブルする光彦がスピードを少し落として、

「歩美ちゃん！」

とボールを優しくパスする。ボールに近寄りすぎた歩美は胸でトラップすると、地面に落ちたボールに回り込んでゴールの正面に向いた。

「行くよ！　元太君!!」

「よし来い!!」

キーパー役の小嶋元太が両手を振ると、歩美はボールから下がって構え、助走をつけて

「エイッ!」とシュートした。ゆっくりと転がっていくボールを、元太は難なくキャッチする。

「あ〜〜〜……」

「惜しい、歩美ちゃん!」

がっかりする歩美を光彦が励ますと、ボールを持った元太が体を起こした。

「んじゃあ、こっちも行くぞー!!」

と蹴り上げたボールはあさっての方向に飛んでいく。

「ちょっと元太君! どこ蹴ってんですか!?」

「わりぃわりぃ」

光彦と歩美はボールを追った。

ミニサッカーコートを飛び出したボールは公園の入り口の方へと転がっていった。早く追いつかないと、車道に出てしまう……!

すると、いいタイミングで公園の入り口の前を高校生くらいの男女が通りかかった。

「すみませーん！」

「ボール取ってくださーい！」

歩美と光彦は走りながら、高校生の男女——新一と蘭に声をかけた。

二人は歩美達の声に気づいて立ち止まったかと思うと、新一が転がってきたボールを足先でクイッと浮かせた。そしてポン、ポンとリズムよく左足でリフティングをする。その華麗なリフティングに、歩美と光彦は驚いて立ち止まった。

「ほわ～、スゴーイ……」

「サッカーの選手なんですか？」

「ああ、『元』だけどな」

ボールを蹴り上げた新一は頭でリフティングして、「ほらよ」と光彦の方へヘディングした。胸元に正確にパスされたボールを光彦がキャッチする。

「ありがとうございます！」

新一に礼を言った光彦はきびすを返して駆け出した。歩美も「バイバーイ！」と手を振って走り出す。

光彦に追いついた歩美は、チラリと新一の方を振り返った。

「……あのお兄さんみたいにサッカー上手なお友達がいたら、歩美達もうまくなるのにね！」

「ですね！」

光彦はうなずいて、元太が待つミニサッカーコートへと走っていった。

歩美と光彦を見送った新一が歩き出して、蘭も後を追った。並んで歩く二人の横を、黒塗りの大型車が通り過ぎていく。

「新一もサッカー部辞めてなかったら、今頃はサムライブルーのメンバーになってたかもね」

「高二じゃまだ早えーよ」

蘭は「そうなの？」と目を丸くした。

「それに、サッカーは探偵に必要な運動神経をつけるためにやってただけだし……ほら、ホームズだって剣術やってただろ？」

「あれは小説でしょ～？」

「でも、世界中のみんなが知ってる名探偵だ！」

と突然こっちを向かれて、蘭は顔の近さに思わずドキッとした。

「……それはそうだけど」

照れ隠しにそっぽを向くと、新一は何事もなかったように前に向き直り、ホームズの素晴らしさについて力説し始めた。

「彼はスゴイ！　いつも冷静沈着、あふれる知性、教養！　観察力と推理力は天下一品！　おまけにバイオリンの腕はプロ並みだ！　小説家コナン・ドイルの生み出したシャーロック・ホームズは世界最高の名探偵だよ!!」

ホームズを思い描いているのか、新一は目を輝かせて空を見上げていた。

いつも冷静で大人びた態度を取るのに、ホームズのことになると子供みたいにはしゃいじゃうんだから。どれだけ好きなのよ――蘭は新一が夢中になるホームズに嫉妬してしまった。小説のキャラクターに嫉妬しても仕方ないんだけど……。

そのとき、商店街の方から女性の悲鳴が聞こえた。

「誰かつかまえて！　引ったくりよー!!」

新一と蘭は顔を見合わせてうなずくと、商店街へ駆け出した。


「誰か――!!」

商店街の入り口でうずくまった女性が叫んだ。女物のバッグを持った男が雑踏の中を走っていく。

「どけどけ――!!」

買い物客達は走ってくる男を次々とよけた。男が走りながら後ろを振り返ったとき――誰かが足をスッと男の前に出した。足を引っ掛けられた男が派手に転び、地面に倒れ込む。

何だ何だと男の周りに野次馬が集まってきた。

「ちょっとすみません」

「通してください」

男を追いかけてきた新一と蘭は、野次馬をかき分けて前に出た。すると、倒れ込んだ男の前にジャージ姿の少女が立っていた。

少女のジャージの胸元には『杯戸』と刺繍され、その見覚えのある顔に、蘭は「あっ……」と声をもらす。

少女に足を引っ掛けられた男は立ち上がり、鋭い目つきで少女をにらんだ。

「……誰だ、テメー!?」

「杯戸高校二年、和田陽奈！」

前髪をピンで留めてきりりとした眉と一重の目を際立たせた陽奈は、ひるむことなく堂々と名乗った。

(あの娘……)

陽奈を見ていた蘭に、新一が「おい、蘭！」と声をかけた。

「行くぞ！　加勢しねーと――」

「ううん、たぶん大丈夫」

「へ？」

新一はきょとんとした顔で蘭を見た。

陽菜の前に立ち上がった男は「クソッ！」とポケットに手を入れた。

「邪魔しやがって……ただじゃおかねぇ!!」

男がポケットから出した折り畳みナイフをパチンと開く。野次馬達が恐れて退く中、陽奈は「おっ♥」と目を輝かせた。

「ナイフ出したね、じゃあこっちも本気出しちゃおうかな」

背負っていたリュックを地面に下ろすと、半円を描くように右足を半歩踏み出し、足を八の字の形にして立った。そして腰の高さでクロスさせた両腕を絞り上げて肩の位置で止める。

その独特な構えに、新一は目を見張った。

「……空手？」

「うん」

蘭がうなずくと同時に、男はチッと舌打ちをした。

「オラァ――!!」

ナイフを突き出して突進してきた男を、陽奈はスッと横によけつつ、肘を直角に曲げた右腕でナイフを持つ男の腕をはじき飛ばした。

「うがぁ!!」

ナイフを落とした男が痛みにのけぞると、陽奈はすばやく左手を伸ばして男の襟首をつかみ、右足を払った。

背中から勢いよく地面に落ちた男をフフンと覗き込み、右拳を男の顔面に振り下ろした。

拳は男の顔面すれすれで止まり、恐怖で目をつぶっていた男が薄目を開ける。

「エイヤァ!!」

拳を引き戻して構えを取った陽奈は、ニッコリと微笑んだ。

「まだやる？」

顔面蒼白になった男が慌てて首を横に振る。すると野次馬から喝采が起こり、陽奈は拳を収めた。

「へぇ〜、結構強そうだな、あの子……」

感心する新一の横で、蘭は「ううん」と軽く首を横に振った。

「強そうじゃなくて、強いよ……彼女……」

同じ空手をやっている蘭には、陽奈のレベルの高さが容易にわかった。

やっぱりあの子、相当強い――。

「……それは空手道を極める上で、避けては通れない生涯のライバルとの初遭遇……毛利蘭、十六歳春のことであった……」

その声に蘭が驚いて振り返ると、いつの間にか親友の鈴木園子が立っていた。

「園子……！」

「……なんてね♥」

「なに勝手にナレーションつけてんのよ！　まだ全然春じゃないし!!」

「いーじゃん！　雰囲気よ、雰囲気♥」

いたずらっぽく笑う園子に、蘭は不満そうに口をとがらせた。

「それに初遭遇ってわけでもないし……」

「何だ、知り合いかぁ」

新一の言葉に、蘭は「うん」とうなずいた。

「試合で何度かね」

杯戸高校空手部の和田陽奈とは、空手大会の準決勝辺りでよく当たるのだ。

「んなことより蘭！　ちょっとウチ来て!!」

「でも、わたし達これから……」

蘭が断ろうとすると、園子は蘭の手をグイッと引っ張った。

「デートなんかいつでもできるじゃん！　行こ行こ！」

「ちょ、ちょっと園子ォ……」

強引に引っ張られていく蘭を見て、新一はやれやれと肩をすくめ、二人の後に続いた。


「たっだいま〰〰〰♥」

鈴木邸を訪れると、吹き抜けの天井から豪華なシャンデリアが吊り下がった玄関で執事が待ち構えていた。

「お帰りなさいませ、園子お嬢様」

「さ、入って入って」

「お邪魔します」

園子に続いて入ってきた蘭と新一を見て、執事が頭を下げる。

「いらっしゃいませ、毛利様、工藤様」

園子は応接間に続く廊下を歩いていき、蘭も後に続いた。新一も廊下に飾られた高そうな絵画や美術品を見ながら一番後ろを歩く。

「今日はね、北海道からお取り寄せした『プルふわチーズタルト』があるのよ～♥」

「えっ！　あの予約が三か月待ちの⁉」

「そっ！　一緒に食べよ♥」

「食べる食べる♥」

盛り上がる二人の後ろから、新一が「いいのかよ？」と口をはさんだ。

「大会前だってのに、そんなの食べて…太っても知らねーぞ」

「平気よ！　明日は数美先輩も稽古に付き合ってくれるらしいし、何なら稽古の移動基本、倍に増やしちゃうから」

　つたく、と新一があきれると、

「口うるさいダンナだこと」

園子がからかうように言って、応接間のドアを開けた。

「ちょ、ダンナって何――」

「何です、園子!?」

ドアを開けるなり声がして、三人はギョッとした。誰もいないと思っていた応接間には、園子の両親が見知らぬ老夫婦と向かい合ってソファに座っていたのだ。

「あ、ごめん、お客様？」

「お帰り、園子」

「まったくノックもせずにはしたない……」

母の朋子があきれた顔で言うと、右足にギプスをして車椅子に座った老紳士は「いやいや」と笑った。

「元気が良くて結構。お嬢さんですかな？」

「ええ、次女の園子です」

父の史郎に続き、園子は「はじめまして」とお辞儀した。

「お恥ずかしいですわ、まったく…鈴木財閥の跡継ぎとしての自覚が足りませんの」

「そんなの姉貴がいるじゃん！」

「心構えの問題です！」

朋子にピシャリと言われて、園子はムッと顔をしかめた。険悪な空気をごまかすように、史郎が「あぁ、そうそう」と口を開く。

「娘の後ろにいるのが、お友だちの毛利蘭さんと工藤新一君」

蘭と新一はペコリと頭を下げた。

「蘭さんのお父上は元刑事さんで、現在は私立探偵をなさってるんです！　……例の件、ご相談されてみては？」

史郎に言われた老紳士は「いやあ……」と渋った。

「例の件？」

新一がたずねると、史郎が振り返った。

「いや、こちらの瀬羽さんが、今度の週末にパーティーを開かれるそうで、わざわざご夫婦でお誘いに来てくださったんだが、その日はちょうど米花博物館で開く宝石展の打ち合わせがあって、お伺いできないんだ」

「ああ、次郎吉おじさまが言ってた、ブラックスターの……」

園子の言葉に史郎が「ああ」とうなずき、朋子が続く。

「ところが、瀬羽さんのお話だと、パーティーを取りやめろと脅迫状が届いたそうなの。パーティーの席で誰かの命が失われる、と……」

「……なるほど」

新一がつぶやくと、

「そういうことなら、この工藤新一君にお任せあれ！」

園子は得意げに新一を指し示した。

「何を隠そう、新一君は数々の難事件を解決している高校生探偵なのよ！　蘭には悪いけど、ここん家のお父さんより頼りになるかも」

ハハハ…と苦笑いをする蘭の横で、新一は瀬羽に目を向けた。

「ご依頼いただければ、お役に立てるかもしれません」

「それは実に頼もしい！　まぁしかし、こちらも念のために警備の人間も増やしておりますし、探偵さんのお力をお借りするには及びませんよ」

瀬羽はやんわりと断りを入れると、隣に座る妻に顔を向けた。

「では、我々はそろそろ失礼します。オイ」

「はい」

和服姿の瀬羽夫人は立ち上がると、ソファを回り込んで車椅子に近づいた。すると、自分で車椅子のレバーを動かそうとした瀬羽の袖口のボタンがレバーに引っ掛かり、車椅子が回転し出した。

「おおっ！」

「あなた！」

グルグルと回転する車椅子を見て新一が飛び出そうとすると、それを突き飛ばして蘭が前に出た。瀬羽を乗せた車椅子は回転しながらガラス戸棚に近づいた。

ガシャンと戸棚にぶつかり、上に置かれた何千万もしそうな壺が倒れる――！

床に落ちるすんでのところで、応接間に飛び込んだ蘭が壺を受け止めた。同時に足で車椅子を押さえる。

車椅子が止まると、瀬羽はカッと目を見開いた。

「つたく！　何をしてるんだ！　ちゃんと気をつけんか!!」

ああ…とうろたえる瀬羽夫人の背後で、史郎と朋子も突然キレた瀬羽にとまどった。その姿を見て、瀬羽がハッと我に返る。

「あ……いっ、いやあ～、おかげで助かったよ…ありがとう、お嬢さん」

「いえ……」

瀬羽にお礼を言われた蘭は、壷をガラス戸棚の上に戻した。

「さっすが、蘭♪」

感心する園子の後ろで、新一はゆっくりと立ち上がった。

「つたく、突き飛ばすかよ……」

瀬羽夫人は心配そうな顔で蘭に歩み寄り、礼を言った。

「ありがとうございます。お怪我はありませんか？」

「大丈夫です、父に似て体だけは丈夫ですから」

「あ、さっきの気にしてた？　ゴメ～ン」

園子がエヘッと舌を出すと、一同が一斉に笑った。険悪な空気が一転して明るくなる。

「いやいや、毛利家はすごいですから～」

「もぉ、園子～～～！」

一同が笑い合う中、新一だけがなぜか険しい顔をしていた。

瀬羽夫婦を乗せたロールスロイスが鈴木邸から出ていくのを、新一は応接間の窓から見下ろしていた。

「工藤君？　どうかしたのかな」

史郎に声をかけられた新一は、窓から目を離した。

「いえ、何でもないです」

「うわ～♪　これいいです！」

蘭の楽しげな声が聞こえて新一と史郎が振り返ると、空手道着を羽織った蘭の後ろで朋子が満足そうに微笑んでいた。

「我が鈴木財閥の繊維メーカーが新開発した超軽量素材を使っているのよ」

「それに袖を少し細身にしているから、だぶつかず動きやすいんだ…こう見えて私は格闘技マニアだからね」

満悦げに説明した史郎は、ガッツポーズを取った。

「でも、本当にいいんですか？」

遠慮がちに言う蘭に、園子は「いーのいーの」と勧めた。

「実はわたしもちょ～っとだけデザインに参加してんのよ～」

「そうなの？」

「うん♪　カリスマデザイナー・園子様と呼んで～ん♥」

園子はそう言ってにんまりした。

実は、その道着の後ろ襟には《新一LOVE♥》と赤い糸で刺繍がしてあるのだ。

「その道着があれば、優勝間違いなし♪　さっすがLOVEパワー～♥」

「あ、それが……」

「何？　どした？」

蘭の浮かない顔に園子がたずねると、新一が口を開いた。

「その道着は試合じゃ使えねーんだ」

「何？　ホントかね」

史郎が驚いて新一を見る。

「ええ、大会ごとに道着にも規定があるんです」

「ごめんね、園子…でも、これ着て稽古頑張るから……」

「ま、しゃーないか…その代わり、優勝しなきゃ承知しないわよ！」

「お母さんもすみません」

蘭が頭を下げると、朋子は「いいのよ」とニッコリ笑った。

「わたし達は応援には行けないけど、頑張ってね」

「ハイ！」

蘭は力強い声で答えた。


蘭と新一が鈴木邸を出る頃には、日が暮れて空が茜色に染まっていた。

「結局、携帯買いそびれちまったな」

「そだね……」

新一と並んで歩いていた蘭は、三叉路の前で立ち止まった。

「じゃあわたし、夕飯の買い物して帰るから」

「おう、携帯はまた今度な」

「うん、じゃあ」

「気ィつけてな」

小走りで三叉路を曲がった蘭は、突然「あ〜〜〜〜〜!!」と叫んだ。そしてすぐに新一に駆け寄ってくる。

「新一ん家にお財布忘れてきちゃった！」

「……ったく」

新一の家に戻った蘭はダイニングキッチンで自分の財布を見つけると、建物の裏手にある書斎に向かった。

「……新一？」

扉を開けて中を覗き込むと、奥にあるデスクセットで新一は本を読んでいた。蘭は部屋を見回しながらデスクに近づいていった。二階まで吹き抜けになった円形の書斎には、壁全面に造り付けられた本棚がドーム型の天井近くまで伸びていて、大量の本やスクラップが収められている。

「それにしても、すごい本の数よね、それも推理小説ばっかり！　これだけ読破したからこそ、新一のお父さん、世界的なミステリー作家になれたのね……新一はただの推理バカになっちゃったけど」

「うっせ～な！」

本から顔を上げた新一は蘭をジロリとにらんだ。

「その上、お母さんがあの伝説の美人女優、藤峰有希子なんだもん、うらやまし～♥」

「んないいもんじゃねーぞ……」

新一がぼそりと言うと、蘭は「ねぇ」とデスクに手をついて身を乗り出した。

「新一の初恋の相手ってお母さんでしょ？」

「ち、ちげーよ！」

新一はクルッと椅子を回して蘭と向き合った。

「じゃあ誰なのよ？」

「……オ、オレの初恋の相手はだなぁ……」

新一が椅子の背もたれに寄りかかってそっぽを向くと、蘭はさらに覗き込んだ。

「相手は？」

「初恋の相手は……」

新一は言いながら、保育園で初めて蘭と出会ったときのことを思い出していた。


『はい！　できたよ!!』

折り紙で作ったサクラのバッジをくれたときの蘭の笑顔。

最初に出会ったあの日からその笑顔にゾッコンだったってこと、蘭は知らない。

今、ここで本当のことを言ったら、蘭はどんな顔をするだろう——。

新一はドキドキしながら、蘭をチラリと見た。

二人の視線が重なったそのとき。

ドーーーン!!

突然、外で爆発音が響いた。

二人で書斎を出て二階の窓から隣の家を見ると、煙がもうもうと立ち込めていた。家の壁には大きな穴が開き、その前に大きなボンベのようなものを背負った阿笠博士が倒れている。

「いいかげんにしてくれよ〜、阿笠博士〜!」

新一が声をかけると、ガレキの中から阿笠博士がムクリと起き上がった。

「どうじゃ、宿題ははかどっとるか? そろそろ眠気が襲っとる頃だと思ってな…どうじゃ〜、目が覚めたじゃろ」

ハハハハ…と豪快に笑う阿笠博士を見て、新一はハァ…とため息をついた。

「動かないで、博士」

蘭は阿笠邸のリビングで博士のケガの手当てをした。消毒液に浸した綿球をピンセットで挟み、ケガをした頭を丁寧に拭いていく。

「すんません……」

と阿笠博士は肩をすくめた。

「で、今度は何を実験してたわけ？」

キッチンのスツールに座った新一が訊くと、しょんぼりしていた阿笠博士がソファから身を乗り出した。

「お～、やはり気になるか」

「なってねーよ」

「しょうがないな、そこまで言うなら教えてやろう♥」

上機嫌の阿笠博士はそばに置いたボンベのようなものを取って見せた。

「ジャ～ン！　個人用移動ロケット～～～♪」

「ジャ～ンじゃねーよ……」

苦笑いする新一を尻目に、阿笠博士は愛しそうにロケットをなでた。

「こいつが完成すれば交通渋滞は解消され、ワシは大金持ち……事故もなくなり、ワシは大金持ち……」

「でもそれってヤバくねーのか？　つまりはミサイルみてーなもんだろ？」

「何を言っとる！　ワシが作ったもんは全て安全第一、さっきはたまたまじゃ！」

阿笠博士はそう言ってロケットをポンと軽く叩いた。すると、ゴゴ～～～～ッとジェットエンジンが音を立て、噴射口からボワッと炎が噴射した。

「あ～～新一～～～～!!」

ロケットにしがみついた阿笠博士がものすごい勢いで壁に開いた穴から外に飛んでいく。

「は、博士～～～～!!」

蘭が慌てて穴に向かって走り叫んだが、爆炎を噴きながら上空へ飛んでいく阿笠博士の姿はあっという間に見えなくなってしまった。

「ダメだこりゃ……」

まだまだ完成には程遠いな――新一はあきれた顔でつぶやいた。

買い物を済ませた蘭が自宅のあるビルの階段を上がると、二階の毛利探偵事務所から小五郎の声が聞こえてきた。

「んだぁ〜！　もう、うるせーな……ガミガミ言うな！」

椅子に座った小五郎はデスクに足をのせ、競馬新聞と赤ペンを片手に電話をしていた。相手はどうやら別居中の妻、妃英理のようだ。

「俺だってお前と一緒になんてゴメンだ！　ただ、蘭のヤツがなぁ〜……」

『親として娘の応援は当たり前でしょ!?　私が言ってるのは、その前にも〜っと大事な務めがあるんじゃないかって言ってるの！　どうせ今月も仕事の依頼なんてありゃしないし……』

「何決めつけてんだ！　今月は三匹も捜したんだぞ〜！」

『三匹……何それ！　ご立派な私立探偵が迷子の犬捜しなの!?』

「犬じゃねー！　猫だ!!」

事務所の入り口に立った蘭は、電話口で大声を張り上げる小五郎に「ただいま〜」と声をかけた。

「なめんなよ、この間なんか大女優とプロデューサーの浮気現場に踏み込んで……何？　事件だろ～！　めっちゃ事件だろ～～～!!」

英理相手にヒートアップする小五郎は、蘭に全く気づく様子はなかった。

「……じゃあ、ゴハンできたら呼ぶね」

蘭はそう言って階段を上がっていった。

「な～にが一流企業顧問だ、えらそうに！　ゴマカシてんじゃねーのか～!!」

小五郎の怒り声は三階の住居まで聞こえてきて、蘭はハァ…とため息をついた。

その頃、黒ずくめの組織の一人、ジンの愛車ポルシェ３５６Ａは高速道路を走っていた。

助手席に座ったウォッカが、運転席のジンをチラリと見る。

「しかしあの社長……何でわざわざ人目に付くあんな場所を、取り引き場所に指定してきたんスかねぇ」

「あんな場所なら俺達も騒ぎを起こさねぇと高を括ってるんだろう…ヤツが協力者を連れ

てきたとしても、あの人混みはいい隠れ蓑になる……」

ジンの言葉に、ウォッカは怪訝な顔をした。

「やっぱり罠なんじゃ……あの社長、泥惨会とつるんでるってバーボンが言ってやしたし……」

ジンはフン、と鼻で笑った。

「バーボンか……あいかわらず鼻の利く野郎だ……まぁ、だとしても、こっちがそれを知ってりゃあ何の問題もねぇ、返り討ちにするだけだ……」

ギロリと見開いたジンの目には、刃物のような鋭い光が宿っていた。やがてポルシェはスピードを上げ、野太いエンジン音を鳴らしながらトンネルへと入っていった。

4

東京体育館のメインアリーナでは、《東京都高等学校総合体育大会　空手道競技会》が行われていた。

「やあああ――――ッ」

青色のメンホー（顔面防具）をつけた蘭は、演舞のようにきれいな型を繰り出した。対戦相手の胸の寸前で突きを止めてすぐに引くと、続けざまに下段蹴りを決める。

「やあぁ！」

さらに後ろを向くように体をすばやく旋回させ、相手の顔面すれすれに蹴りを放った。すぐに脚を引き、くるりと回って構える。

次の瞬間、主審が青の旗を上げた。続いて副審も青の旗を上げる。

「やめ！」

主審が左手を斜め四十五度に上げた。左手を上げたら、青色（蘭）の勝利だ。

「やったぁー!!」「よし!!」

客席で応援していた園子と小五郎は拳を握って声をあげた。

「青、上段ゲリ一本！　青の勝ち!!」

対戦相手と礼を交わした蘭は、メンホーを脱いだ。すっきりとした笑顔に汗が光る。

「スゴイスゴイ、蘭！　スゴーイ!!　次はいよいよ決勝ね！　オジさま!!」

園子が興奮して右隣に座った小五郎の肩をつかむと、ふんぞり返った小五郎はなぜか得意げに笑った。

「ハン、楽勝楽勝！　何たって蘭の勝負強さは父親の俺様ゆずりだからなー!!」

「すぐ調子にのって、足元すくわれるところまで似ていないことを祈るわ」

ちくりと嫌味を言ったのは、園子の左隣に座っていた英理だった。

「あぁ〜〜〜ん!?」

「まあ、蘭は私の娘だから心配ないと思うけど」

横目で小五郎をチラリと見た英理はすぐにそっぽを向く。

「こんのぉ～～～!!」

ぐぬぬと拳を震わせる小五郎の横で、険悪な二人に挟まれた園子は「たはは……」と苦笑いした。

「ラ――ン！　決勝も気合入れてけ――!!」

他の部員と試合場を引き揚げていく蘭に手を振り、周囲をキョロキョロと見る。

「にしても、こんなときにどこ行ったのよ、アヤツは……」

園子達と蘭の試合を見に来ていた新一は客席を抜けて、メインアリーナの入り口で電話をしていた。

「……はい……はい、わかりました…すぐにそちらに向かいます、警部」

電話を切った新一はどこか楽しげな表情で、客席へと戻っていった。

『これより、組手、女子の部決勝戦を始めます！　赤、杯戸高校、和田陽奈選手……』

主審に続いて決勝戦の試合場に入り、立礼をした陽奈は「ハイ!!」と大きな声で返事をした。

『青、帝丹高校、毛利蘭選手』

「ハイ!!」

青のメンホーを着けた蘭も気合十分な声をあげる。

「始め!」

主審の開始の声と同時に、蘭と陽奈は構えた。互いにピョンピョンとステップをして間合いを詰める。すると、サイドステップで横に回り込んだ陽奈が正拳を二発突いた。とっさにガードした蘭はよろよろと後ずさりして踏み止まる。顔を上げて、正面の陽奈を見据えた。

やっぱりこの子、強い——。

トントンとステップワークを踏む陽奈に、蘭はすばやく飛び出して二段蹴りをした。着地してさらに回し蹴りを食らわす。左腕でガードした陽奈は、追撃にかかる蘭を横蹴りでけん制した。引いてかわした蘭がスッと間を詰め、すかさず左右のパンチを入れる。

「よしよし、それでいい、それで！」

「落ち着いて、蘭！」

試合を見つめる園子の両側で、小五郎と英理が叫んだ。

蘭と陽奈はサイドステップで互いに回り込んだ。するとピタリと止まった蘭が前に出て、右腕を振りかぶってパンチした。蘭の動きを読んでいた陽奈が身を屈めて攻撃をかわし、突っ込んできた蘭の胸元に左足を高く伸ばして蹴りを入れた。とっさに左腕で受けた蘭はよろけて腰から倒れた。

「やめ！」

主審が右手を前に上げ、客席から歓声があがった。小五郎達が心配そうに蘭を見つめる。

「赤、中段蹴り、技あり！　続けて始め！」

主審の合図と共に蘭と陽奈は再び構えた。ポイントを先取した陽奈は勢いにのって突っ込んでくる。陽奈の連打をガードしながら、蘭も隙を見て拳を突き出した。蘭の攻撃をかわした陽奈もすかさず打ち返す。そしてガードを固める蘭をどんどん押していった。

すると、蘭はすばやく横に移動して、陽奈の右拳をかわした。さらに体をひねって回し蹴りを食らわす。浅く当たって体勢を崩した陽奈に、すぐさま間を詰めて右正拳を突いた。

立て続けに左、右と拳で突く。さらに前蹴りを放つと、陽奈は下がってかわした。

ぐっとこらえた陽奈が踏み込んで拳を突く。蘭は右腕で受けて横蹴りを繰り出した。

「やぁ―――ッ!!」

と向かってくる蘭に、陽奈も応戦した。強烈なパンチが蘭を襲う。陽奈の猛攻に追い詰められた蘭は、ついに副審のいるコーナーにまで押されてしまった。すんでのところで蹴りを返したが、よろめいて場外に転んでしまう。

「もぉ〜、何やってんのよ蘭……」

場外で倒れて肩で息をする蘭を見て、園子は思わず立ち上がった。

「ラ――ン!! 気合いよ、き・あ・い〜〜〜!! 根性、根性、ド根性〜〜〜♪」

一際大きな声で応援する園子に、周囲から失笑がもれた。反対側のスタンドにいた杯戸高校の男子空手部員も「何だありゃ」と笑っている。しかしその中で一人だけ、真剣な表情で園子を見つめる男子がいた。杯戸高校空手部主将、京極真だ。眼鏡越しに見る園子は現実の二割増しくらいかわいく映っていて、京極の頬は見る見るうちに赤くなっていった。

場外で倒れていた蘭が立ち上がり元の位置に戻ると、主審がピピッと笛を鳴らした。

「あ……」

主審に指差されて、自分の帯が緩んでいるのに気づいた。後ろを向いた蘭は帯を締め直し、大きく息を吸って気合を入れ直した。

そして前を向くと——正面の入り口で新一が手を振っていた。

(……新一……)

新一は両手を胸の前で合わせ、パクパクと口を動かした。蘭が新一の唇をじっと見つめる。

(何？　ジ……ケ……ン……？)

わりィ、事件なんだ——唇の動きを読んだ蘭は、ピクリと眉を動かした。

いつもそうだ。肝心なときに事件が起きて、新一はわたしをそっちのけで事件に向かってしまう。この前の水族館だって、殺人事件のせいでせっかくのデートが台無しになってしまった。今日の試合だって、新一に一番見てほしかったのに——……!!

考えれば考えるほど怒りがフツフツと湧いてきて、蘭は拳をギュッと握りしめた。

（いつもいつも……事件事件って……）

蘭の後ろ姿から怒りのオーラがゆらゆらと立ち昇り、その殺気立った姿に気づいた主審と陽奈が「えっ」と体を強張らせる。

「この……推理オタクがぁ～～～～～～ッ!!」

蘭は無意識のうちに心の叫びを思いっきり口に出していた。


どんよりと曇っていた空は夜になるとさらに雲が低く垂れ込めて、遠くではゴロゴロと雷鳴が鳴っていた。新一が事件現場の英国風洋館に着くと、今にも雨が降り出しそうな中、警官や鑑識員が中庭に面したベランダの窓の下を調べていた。

ベランダがある建物のそばには別棟が建てられており、その間は五メートルほどしか離れていない。

新一が二つの建物を見上げていると、夜空に雷光が瞬いた。光に照らされた新一の顔に笑みが浮かぶ。暗雲が垂れ込める空の下、中庭を後にした新一は颯爽とした足取りで洋館へ入っていった。


「いいかげんにしてほしいですなぁ」

車椅子に座った瀬羽は、暖炉の前に立つ警視庁捜査一課の目暮十三警部と高木渉巡査部長をジロリと見た。

「あなた方の実りのない捜査に付き合っている暇はないんだ」

「まぁ、そう言わずに……」

目暮は両手を前に出してなだめるように言うと、瀬羽の背後に立つ瀬羽夫人や息子、メイド、そして招待客らを見回した。

「今回の事件の犯人は、あなた方の中にいることは間違いないんですから……」

「だったら、その犯人とやらをさっさと捜し出して――」

「もうわかってますよ」

その声に驚いて瀬羽がドアの方を見ると、高校生らしき少年がゆっくりと室内に入ってきた。

「犯人が誰なのかはね」

はっきりと言い切る新一に、目暮はホッとしたような笑みを浮かべた。

「おぉ、工藤君！　待っておったぞ」

「すいません、遅くなりました」

そう言って目暮に歩み寄る新一に、瀬羽は露骨に不快な表情を見せた。

「何なんだね、その男は!?　ずいぶんと若いようだが――」

「お忘れですか？　先日、鈴木邸でお会いしましたが」

「鈴木邸で……？」

振り向いた新一の顔を見た瀬羽は、鈴木邸を訪れたときのことを思い出した。

そういえばあのとき、鈴木史郎の娘が友人を連れていて、

『何を隠そう、新一君は数々の難事件を解決している高校生探偵なのよ！』

とその場にいた男子高校生を紹介していた――。

「……高校生探偵、か……」

瀬羽が鋭い目つきを向けると、新一はゆっくりと瀬羽に近づいてきた。

「米花銀行頭取、山崎氏がこの屋敷の三階にあるゲストルームで殺害されたのは、ちょうどここでパーティーが開かれていた最中でした」

瀬羽の前で立ち止まった新一は、事件の状況をおさらいするように話し出した。

「死因はナイフによる刺殺。部屋のドアには鍵が掛けられており、その鍵は山崎氏のポケットに入っていました。唯一開いていたのは、中庭に面したベランダの窓だけ……つまり、犯人はベランダの窓から侵入し、休んでいた山崎氏を殺害、再びベランダの窓から逃走したんです」

新一の説明を聞いて、瀬羽の息子が「でも」と身を乗り出した。

「窓の下に足跡はなかったんだろ？」

「それに、ゲストルームの周りの部屋はきちんと鍵が掛かっていました！」

瀬羽の息子とメイドの言葉に、新一は「ええ」とうなずいた。

「確かに窓の下に足跡はありませんでしたし、周りの窓も鍵が掛かっていました」

「でしたら、どうやって……？」

瀬羽夫人が遠慮がちにたずねる。

「飛んできたんですよ」

新一の答えに、一同がきょとんとなった。

「そんなバカな……」

瀬羽の息子があきれた顔でつぶやき、目暮も「オイオイ……」と心配そうに新一を見た。

「ちょ、ちょっと工藤君？」

高木が声をかけると、新一は真面目な顔で振り返った。

「もちろん、空を飛んできたわけじゃありませんよ、現場の窓の斜め向かいに小さな窓がありますね？　犯人はその窓からゲストルームの窓に飛び移ったんです」

「バカを言うな！」

まっさきに反論したのは瀬羽の息子だった。

「あの二つの窓は少なくとも五メートルは離れているんだぞ！　そんなことができるわけ――」

「小さな窓から続く屋根のへりに、わずかながら張り出しがありました…それを足場にして壁際まで移動すれば、ベランダまではほんの一、二メートル……」

新一の説明を聞いた目暮は、なるほどと思った。一、二メートルの距離なら、ジャンプすればベランダに飛び移ることができる——。

「つまり犯人は、この家の特殊な構造を知り尽くしている人物……そしてあの時間、誰にも怪しまれずに家中を動き回れた人物……」

説明しながら部屋の中を歩いていた新一は、暖炉の前で止まった。

「は、早く言いたまえ！　山崎頭取を殺ったのは誰なんだ!!」

瀬羽が声を荒げると、新一は「それは……」と振り返り、

「あなたですよ!!」

と指差した。

「山崎氏の親友であり、この家の当主でもある——瀬羽尊徳さん!!」

まさか——一同の視線が一斉に車椅子に座る瀬羽に向けられた。

「バ、バカを言うな！　この足でいったいどうやって……」

瀬羽が右足のギプスを示すように右ひざを叩くと、新一は暖炉の上に置かれた地球儀を

つかんだ。

「もうネタはあがってんだよ！」

新一の手から放たれた地球儀は、瀬羽に向かってまっすぐ飛んだ。しかし、とっさに瀬羽がよけて、車椅子に当たる。

「何をするんだ貴様――!!」

激しい剣幕で怒鳴る瀬羽に、周囲は唖然とした。

「お、親父……」

「旦那様……」

「あ、あなた……その足……」

息子や妻に言われて、瀬羽は自分の足を見た。いつの間にか車椅子から立ち上がり、ギプスをはめた足でしっかりと立ってしまっている――……！

床に転がった地球儀を拾った新一はニヤリと笑った。

「鈴木邸でアンタに会ったとき、見ちまったんだよ！　誤作動を起こした車椅子を止めようと、アンタがその足で踏ん張るのをな！　もうとっくに治ってんだろ？　その足」

「……ク、クソォ！」

まんまと見破られた瀬羽は、ギプスをはめた足で勢いよく走り出した。

「ま、待て!!」

目暮が慌てて追おうとすると、新一が地球儀をポンと投げた。

「逃がすかよォ――――!!」

サッカーボールに見立てた地球儀を力いっぱい蹴ると、瀬羽の後頭部に見事命中して、無様に大理石の床に倒れた。

「ゴ――ル!!」

と新一はガッツポーズを取った。

瀬羽が高木と警官に連行されると、目暮は新一に歩み寄った。

「いや～、また君の力を借りてしまったなぁ、工藤君」

新一は「いえいえ」と首を振り、ピッと親指で自分を指した。

「また難事件があれば、この名探偵工藤新一にご依頼を！」

《高校生探偵　また事件解決!!》

翌朝の新聞の一面には、殺人事件の経緯と共に決め顔の新一の写真が大きく掲載された。

学校帰りの新一は、その新聞記事を片手に商店街を歩いていた。フフフ…と自然に笑いがこみ上げてくる。

「ねぇねぇ、聞いた～？　あの高校生探偵、またお手柄なんだって！」

「うん、すごいよね～♥」

本屋で雑誌を立ち読みしている女子高生の会話が聞こえてきて、新一はフッフッフッ…とほくそ笑んだ。

さらにニュース番組でも事件が取り上げられ、電気店に展示されたテレビには新一の顔写真が大きく映っていた。

『彼こそまさに日本警察の救世主と言えましょう!!』

コメンテーターの言葉に、ついに新一はハッハッハ…と高笑いした。

するとそのとき、後頭部にバフッと何かが直撃した。

「いたたた……何すんだよ！」

よろけた新一が振り返ると——帯で縛った道着を持った蘭が立っていた。後頭部にぶつけられたのは、蘭の道着だったのだ。

「蘭……何か怒ってんのか？」

あきらかに不満そうな顔をした蘭は「別に〜」と新一の前を通り過ぎた。

「新一が活躍してるせいでお父さんの仕事が減ってるからって、怒ってなんかいませんよ〜！」

小走りで追いつく新一に、ベーッと舌を出す。

「あ、でも、蘭のお父さんに仕事が来ないのは、オレのせいじゃなくて腕のせい……」

新一の言葉をさえぎるように、蘭はホーーッホホホ…と口に手を当てて笑った。

しまった——と思った瞬間、笑顔の蘭は口に当てた手を真横に突き出した。

ドゴッと鈍い音がして、新一がチラッと見ると、蘭の拳が電柱にめり込んでいた。

「だからぁ、怒ってないって言ってるでしょ♥」

再びホーーッホホホ…と笑いながら、ボコッと拳を引き抜く。電柱には拳の跡がくっきりとついていた。

（さすが、空手部主将……）

蘭を怒らせると危険だ――新一は改めて肝に命じると、笑顔が張り付いた蘭と並んで歩いた。

やがて商店街を抜けて住宅地に入り、蘭は新一が持っていた新聞記事をうらめしそうに見た。

「……ったく、みんな名探偵名探偵ってチヤホヤするけど、ただの推理オタクじゃない！」

「でも見ろよ、このファンレター。みんなこの推理オタクが好きだってよ♪」

「あっそ」

とそっぽを向く蘭に、新一はニヒヒ…と笑いながらファンレターをヒラヒラと見せつけた。ファンレターを手に取った蘭は、あきれ顔で封筒の宛名をまじまじと見る。

「女の子にデレデレするのはいいけど、ちゃんと本命一本に絞りなさいよ」

「……本命かぁ……」

両手を頭の後ろで組んで空を見上げた新一は、チラッと蘭を見た。

本命も何も、オレは保育園のときからずっと蘭のこと――……。

「何よぉ」

ファンレターを見ていた蘭がいきなりこっちを向いて、新一は思わず「うわぁ」と声をあげて驚いた。

「さっきから人の顔ジロジロ見ちゃって」

「あ、いや、別に」

「いい気になって事件に首突っ込んでると、いつか危ない目に遭うわよ！」

「かもな……」

新一はそう言いながら、蘭に返されたファンレターをポケットに入れた。

「……でも、何で探偵なのよ？」

「ん？」

「そんなに推理小説が好きなら、お父さんみたいに小説家になればいいのに」

蘭が不思議そうに見ると、新一はフッと微笑んだ。

「オレは探偵を書きたいんじゃない！　なりたいんだ、平成のシャーロック・ホームズにな！」

恥ずかしげもなく大真面目な顔で断言する新一の横顔に、蘭は不覚にも一瞬見とれてしまった。

「難事件であればあるほどワクワクするんだよ！　策を弄した犯人を追い詰めるときのあのスリル！　あの快感！　一度やったらやめられねーぜ、探偵はよー!!」

とウインクされて、蘭の頰がポッと赤くなる。

「じゃあな！」

「あ、ちょっと新一！」

蘭は分かれ道で駆け出す新一を慌てて呼び止めた。

「ん？」

「明日の約束、忘れてないでしょーね」

「約束？」

きょとんとする新一に、蘭はムッと顔をしかめた。

やっぱり忘れてる……！

「言ったじゃないの!?　わたしが都大会で優勝したらトロピカルランドに連れてってくれ

るって!!」

蘭はそう言いながら新一に向かって右足裏を高速で蹴り出した。が、新一は目にも留まらぬ速さの突き蹴りをヒョイヒョイとかわし、バックステップして後ろに下がっていく。

「あれ？　何のこと？」

飄々とかわされた蘭は、〰〰と頰を膨らませた。

「もぉいいわよ！　別に新一なんかと行きたくなかったし!!　ファンレターの女の子とでも遊んでれば!!」

「冗談だよ、冗談！　怒るなよ」

ずんずんと歩き出す蘭を、新一は慌てて追いかけた。

「ちゃんと覚えてるって、明日の十時、トロピカルランド！」

(忘れるわけねーだろ)

心の中でつぶやきながらなだめると、蘭は訝しそうに新一を見た。

「全部新一のおごりっていうのも、忘れないでね！」

「ゲッ……そういやそうだった！　──おい、ちょっと待てよ蘭！」

再び歩き出す蘭を追う新一の背後で、ゆっくりと走ってきた黒いメルセデス・ベンツ300SLが停まった。

蘭と新一が遠ざかっていくと、助手席の眼鏡をかけたふくよかな女は「ウソ!!」と運転席の男を見た。

「久しぶりに日本に帰ってきたのに、息子に会わずに帰っちゃうの？」

運転席に座る黒のシルクハットに仮面をかぶった男は、黙って小さくうなずいた。

「せっかく新ちゃんを驚かせようと気合入れて変装したっていうのにさぁ！　骨折り損じゃなー―い！」

女は自分の首元に手をかけると、ビリビリとマスクを引き剥がした。マスクの下から現れたのは、新一の母――工藤有希子だった。剥がしたマスクを大量の本が積まれた後部スペースにポイッと投げる。

「まぁ、日本には古い資料を取りに戻っただけだし、この変装は別の機会に取っておこうか」

運転席の男はそう言うと、つけていた仮面を取った。新一の父――工藤優作だ。

「それに、どうやら我々はおじゃま虫のようだしね」

優作は眼鏡を掛けて前を向いた。有希子もつられて前を向く。

仲むつまじげに並んで歩く新一と蘭を見て、有希子は「～～～っ」となった。

「邪魔して新ちゃんに嫌がられたい……」

悶々としながら息子を見つめる有希子に、優作はフフッと笑った。

5

翌日は朝から快晴で、オープンしたばかりのトロピカルランドは大勢の客であふれていた。様々なアトラクションが散りばめられた広大な敷地の中央にはシンボルのトロピカル城が建てられ、その展望室からは園内を一望できる。

蘭は展望室に設置された望遠鏡を覗いていた。すると、ふいに頬に冷たいものが当たり、ビクッと反応して振り返る。

「ほら、のど渇いただろ？」

新一はいたずらっぽく笑って、缶コーラを差し出した。

「あ、ありがと……」

その笑顔に思わずドキドキした蘭は、赤くなった頬に手を当てながら缶コーラを受け取った。

缶のプルトップを開けてコーラを口にすると、窓の外を振り返った。雲ひとつない青空が広がっている。

新しくできた遊園地で新一とデートできるなんて嬉しい。この前の水族館は途中でダメになっちゃったけど、今日は最後まで思いっきり遊べますように――と心の中で祈った。


「ねぇ！　どこ行くのよ新一!?」

コーラを飲み終えると、新一はトロピカル城を下り、蘭の手を引いて駆け出した。

「いいからついて来いって！」

人混みを縫うように進んでいき、たどり着いたのは広場だった。

「10、9、8、7……」

カウントダウンをしながら階段を下りて、中央に向かう。

「3、2、1、0！」

二人が広場の中央で立ち止まると同時に、周りから水が吹き上がった。ここは噴水広場だったのだ。

「うわぁ〜〜〜♥」

二人を円く囲むように幾つもの噴水が高く吹き上がり、蘭は思わず声をあげた。

さらにその噴水の円の中にも別の噴水が上がり、高く吹き上がった噴水はカーテンのように二人を取り囲んだ。水のベールが二人を包み込む。

「すごいすごい、すご————い♥」

キラキラと輝く水のベールが作り出す幻想的な風景に、蘭ははしゃいだ。

「オメー、こういうの好きだろ？」

「……うん♥」

子供みたいに大きくうなずく蘭の笑顔に、新一はドキッとした。


噴水広場を後にした二人は、屋台でお菓子を買い、歩きながら食べた。チュロスを食べていた蘭は、口の周りに髭のように綿菓子をつけた新一を見て、プッと吹き出す。大笑いする蘭に、訳がわからない新一は「何だよ」と眉をひそめた。

「口の周りに綿菓子がついてるよ！　全く、お子様じゃないんだから」

「う、うるせぇな」

慌てて口の周りを拭う新一を見て、蘭はさらに笑った。


「かわいい～♥」

屋台に並べられたぬいぐるみに目が留まった蘭は、大きなリスのぬいぐるみを手に取った。トロピカルランドのマスコットキャラクター《トロッピー》だ。

「これ欲しいなぁ……」

トロッピーのぬいぐるみを抱きしめて、新一をチロリと見る。

「しょうがねーなぁ」

トロッピーの値札を見た新一は、ゲッと顔をしかめた。そしてぬいぐるみのそばにあったマスコットサイズのトロッピーを蘭に差し出す。

「これならいいぜ」

新一の手のひらにのったトロッピーを見て、蘭は新一とニューヨークを訪れたときのことを思い出した。

ニューヨークのセントラルパークには野生のリスがたくさんいて、新一と一緒にリスと戯れたっけ……。

「しょうがない、これでかんべんしてやるか」

蘭は新一の手のひらからトロッピーを取った。代金を支払う新一の横で、トロッピーを手のひらにのせた蘭はニッコリと微笑んだ。本当は新一がくれるものなら何だって嬉しいのだ。

二人で園内を歩き回って疲れたらベンチで休み、ときには柵にもたれて水上を進む海賊船をのんびり眺めたりした。

「あ！　トロッピーだ～！」

園内を歩くトロッピーの着ぐるみを見つけた蘭は、駆け寄って思い切り抱きついた。

「かわいい～♥　フワフワ～♥」

ガキじゃねぇんだから……。子供みたいにはしゃぐ蘭を見て、新一はフッと微笑んだ。

普段は気が強くて男勝りな性格なのに、かわいい物には目がない。そういうところがかわいいというか……。

「新一ー！　写真撮ってー！」

蘭はトロッピーに抱きつきながら新一に手を振った。

「へいへい……」

新一がデジカメを片手に近づこうとすると——背後からガバッと何かに抱きつかれた。

「な……っ⁉」

ビックリして振り返ると、フワフワしたものが頬に当たって、目の前に大きなウサギの顔があった。ウサギの着ぐるみが新一に抱きついてきたのだ。

「新一！　ピカールちゃんだよ〜！」

「ピカールちゃん……？」

新一が怪訝そうにつぶやくと、うさぎの着ぐるみはこくこくとうなずいた。どうやらこいつもトロピカルランドのマスコットキャラクターらしい。

新一に抱きついたピカールは新一の頬にチュッとキスをした。

「ピカールちゃん、新一のことが好きみたいね〜！」

蘭に言われて、新一はハハハ…と苦笑いした。

着ぐるみに好かれたってちっとも嬉しくねーよなぁ……。


トロッピー達と戯れた後、二人は園内のカフェに入った。

新一はコーヒー、蘭はケーキセットを注文してテラス席に座ると、蘭は運ばれてきたトロッピーのモンブランケーキをあっという間に食べてしまった。

「おいしかった〜♥　ピカールちゃんのショートケーキも食べようかなぁ。もちろん新一のおごりでね♥」

とメニューを見る蘭に、新一は眉をひそめた。

「大会が終わったからって、そんなに食べたら太るぞ」

「その大会の途中で出ていった人は誰だっけ？」

蘭は口をとがらせた。決勝戦の途中で抜け出したことを今も根に持っているのだ。

「しょうがねーだろ、目暮警部に呼ばれたんだから」

「決勝戦が終わってから向かってもよかったでしょ！　いつもいつも事件事件って、そんなに事件が大事なの？」

「そりゃあ……」

と言いかけて、新一は口をつぐんだ。

ここで事件が大事なんて言ったら、ますます蘭は怒ってしまうだろう。

が、言わなくても蘭には新一の心が読めたようだ。

「もぉ、知らない！」

蘭は頬を膨らませながら席から立ち上がり、店を出てしまった。

「おい、蘭！」

新一は慌てて追いかけ、むくれたまま歩く蘭の周りをウロチョロしながら必死でなだめた。

「なぁ、蘭！　機嫌直せよ、大会を途中で抜け出したのは悪かったって、な？」

しかし、新一がどれだけなだめても、蘭の機嫌は直らない。

（はぁ……どうしろってんだよ、全く）

ため息をつく新一の目に、トロッピーのぬいぐるみが売られている屋台が留まった。

「蘭！」

新一はむくれた蘭の手を引っ張って、屋台に向かった。

「ほら、これ」

と、さっきは買えなかったトロッピーのぬいぐるみを取って渡す。

「え……いいの!?」

「ああ」

トロッピーのぬいぐるみをプレゼントすることで、蘭の笑顔が戻った。

マスコットとぬいぐるみの両方を買わされて小遣いがスッカラカンになってしまい、こんなことなら初めからぬいぐるみの方を買えばよかったな…と後悔したが、蘭の喜ぶ顔を見ていたら、まぁいっかと思えた。

「ねぇ、写真撮ろうよ！」

すっかり機嫌が良くなった蘭は、通りがかりのカップルに「すみません」と声をかけた。

「シャッター押してもらえませんか？」

カップルの男性にデジカメを渡すと、新一の手を引っ張った。

「え〜、オレはいいよ」

「いいじゃん、記念に一枚♥　ほら、笑って」

トロピカル城の前に立たされた新一は、蘭と一緒に笑顔でピースサインをした。

「ありがとうございます」

デジカメを受け取った蘭は、新一と一緒に写った写真を嬉しそうにチェックした。

「次は何に乗る？」

「あれ！」

蘭は大観覧車を指差した。〈TROPICAL　LAND〉のロゴが中央に大きく飾られた巨大な観覧車だ。

向き合って座る二人を乗せた観覧車は、ゆっくりと上り出した。地上を歩いている人や他のアトラクションが徐々に小さくなっていく。

蘭は正面に座る新一をチラッと見た。楽しそうに眼下に広がる景色を見ている。

観覧車といえば、デートの定番スポット。ドラマや漫画だと、ゴンドラが頂上に上ったときにカップルがキスをするんだっけ――……。

新一とキスするシーンが頭に浮かんで、顔が真っ赤になった蘭は慌てて下を向いた。同時に今度は新一が蘭を見る。

（蘭の隣に座ったら、嫌がられるかな……）

「あ！　また噴水が出てる！」

蘭がいきなり話しかけてきて、新一は慌てて下を見た。

顔を赤らめた二人を乗せたゴンドラは、やがて頂上に差しかかった。


トロピカルランド近くの車道に、黒のポルシェが止まった。エンジンが切れて両側のドアが開く。

車から出てきたのはジンとウォッカだ。

二人は目の前に広がるトロピカルランドを見ると、ニヤリと片頬を持ち上げた。

観覧車を降りた新一と蘭は、人気アトラクションの一つ〈ミステリーコースター〉に向かった。オバケ屋敷とジェットコースターが一つになったようなアトラクションで、ジェットコースターが急上昇急降下を繰り返しながら、ときおりドクロやモンスターが大きな口を開いた不気味なトンネルを通過するのだ。

開園と同時に長い列ができていたが、今は若干空いている。

「そんでよー、ホームズのすごいところってのはな……」

列に向かう途中、新一は尊敬してやまないホームズについて語り始めた。

「助手のワトソンに初めて会ったとき、握手しただけで彼が軍医としてアフガンに行ってたことを見抜いちまったんだ」

話しながら最後尾の二人組みの女性の後ろに並ぶと、新一は「こんなふうにな」といきなり前に並ぶロングヘアの女性の手を握った。

驚いた女性が「え？」と振り返る。タートルネックのワンピースにパールのネックレスを身に着けた清楚な女性だ。

「あなた、体操部に入ってますね？」

「ど、どうしてそれを……!?」

新一の質問に目を丸くした女性――ひとみの隣で、眼鏡をかけたショートカットの女性――礼子がきょとんと新一を見た。

「何、この子知り合い？」

「さぁ……？」

手を握られたひとみは自信なさげに首を傾げる。

「この手ですよ」

新一はひとみの手を見た。つられて蘭達も覗き込むと、新一はひとみの手のひらを広げて見せた。

「女の人で手にこれだけマメができるのは、体操をやってる人ぐらいですからね」

言われてみると確かに、女性の手にはいくつもマメができていた。

けれど、手にマメがあるだけで体操部と決めつけるのはいささか早合点な気がする。

「でも、テニスやっててもマメぐらい……」

疑問に思った蘭が言うと、新一はハハッと笑った。

「なーんて、本当はさっき歩いてたときにこの人のスカートが風でめくれて見ちゃったのさ！　脚の付け根にできる、段違い平行棒をやってる人独特のアザをな」

「!!」

ひとみが恥ずかしさで顔を赤らめる。

「どんなときでも観察を怠らないのが、探偵の基本だぜ！」

とウインクする新一に、蘭はフンとそっぽを向いた。

「何よえらそうに！　握手する前からわかってたなんてインチキじゃない！」

「オイコラ!!」

いきなりドスの利いた声を背に受け、新一と蘭は振り返った。

「俺のダチにちょっかい出してんじゃねーぞ!!」

後ろに並んだカップルの男――岸田が新一をジロリとにらむ。

「え？　あ……お友達なんですか？」

「ええ、まあ……」

新一にひとみはうなずいた。

「何なら順番替わりましょうか？」

「い、いいわよ別に」

「あの二人の邪魔しちゃ悪いしね♥」

礼子に言われて、新一と蘭はカップルを見た。

岸田はヘアバンドに大ぶりのピアスをしたウェービーヘアの派手な彼女——愛子とベッタリとくっつき、二人だけの世界に入っていた。そして人目もはばからずキスをする。

（おいおい……）

いきなりキスシーンを目のあたりにした新一は、思わず釘付けになった。そして、頭の中にタキシード姿の自分とドレス姿の蘭が浮かぶ。

『蘭……実はオレ、前からお前のこと……』

『新一、わたしもよ……』

新一は頬を赤く染める蘭の肩を引き寄せた。二人の唇が徐々に近づいていく――。

「……新一……新一!!」

蘭の呼ぶ声が大きくなって、新一はハッと目を開けた。

「新一、早く！」

気づくと列が動き出していて、蘭達は前に進んでいた。キスをしていた岸田と愛子も新一を追い越して歩いている。

「お、おう……」

新一はボーッとする頭を奮い立たせて蘭を追った。

ようやくコースター乗り場までたどり着き、新一と蘭は係員に促されて前から二番目の位置に並んだ。

「お疲れさまでした〜」

係員が戻ってきたコースターのセーフティガードのバーを上げ、客が左へ降りると、一番目の位置に並んだひとみと礼子がコースターに乗り込んだ。その後ろに蘭と新一も乗り込む。

「それでな、そのときホームズは……」

ホームズの話を再び始める新一の後ろに岸田と愛子が乗り込むと、係員が列の先頭にいた二人組の男に声をかけた。

「あとお二人どうぞ……」

係員は近づいてきた男達にギョッと目を見張った。サングラスをしたいかつい男は黒の帽子に黒のスーツと全身黒ずくめで、その後ろを歩く長い銀髪の男も黒の帽子に黒のロングトレンチコートと同じく黒ずくめの格好をしている。昼間の遊園地には似つかわしくない二人で、係員はその迫力に思わず身を引いた。

コースターに乗り込んでバーを下げた新一は、ホームズの話を延々と続けていた。

「わかるか？　コナン・ドイルはきっとこう言いたかったんだ、ホームズってヤツはな……」

コースターが出発しても話し続けそうな新一に、蘭の堪忍袋がブチッと切れた。

「もぉ！　ホームズだのコナン・ドイルだの、いい加減にしてよ!!　この推理オタク!!」

ものすごい迫力で凄まれた新一がびびっていると、蘭はフッと切ない顔でうつむいた。

「……わたしは、新一とここに来るの、ず〜っと楽しみにしてたのにさ……、どうしてわたしの気持ちに気づいてくれないの……？」

「え……」

新一の胸がドキンと高鳴った。

それってつまり、蘭がオレを好きだってこと……？

（……蘭……）

「あ、あのさ」

新一は照れくさそうに頭をかきながら、顔をそむけている蘭に話しかけた。

「じ、実はオレも……」

蘭が好きだ——と喉まで出かかったとき、突然蘭が肩を震わせてクックック…と笑い出した。

「バッカねー、な〜に焦ってんのよ！　ウソに決まってるでしょー！」

指を指されて笑われた新一は、目をパチクリさせた。

「な……!?　くそっっ！」

恥ずかしさのあまり顔を伏せると、蘭がわざわざ覗き込んでくる。

「あっ、本気にした？　こんな手に引っかかっているようじゃ、探偵は務まらないわよ♥」

恥ずかしくて顔が上げられない新一の頭を、蘭は子供をあやすようになでた。

「発車しまーす！」

発車ベルの音と共に、新一達を乗せたコースターが動き出した。屋外に出て最初の坂をカタカタと上っていく。蘭にまんまと騙された新一がムスッとしてバーを握っていると、

「……でもね」

蘭が新一を見て言った。

「楽しみにしてたのはホントだよ！」

頬をピンク色に染めながらニッコリと笑う蘭に、新一はドキッとした。すると、蘭がいきなり新一の手をギュッと強く握った。

「へ？」

次の瞬間――フワリと体が宙に浮いた。いつの間にかコースターは頂点に上りつめ、一気に急降下したのだ。

「キャアアア――!!」

蘭の絶叫を連れて落下したコースターは、スピードを保ちながらカーブに差しかかった。車体を内側に傾けながら高速でカーブを曲がる。蘭の前の座席に座った礼子は両手を上げてノリノリだ。

強烈な横Gを味わいながら、新一は蘭を見た。キャアア…と悲鳴をあげながらも顔は笑っている。

ドクロの岩山を走りぬけたコースターは上り坂の左カーブに入った。

最後部の外側に座ったウォッカは、双眼鏡で園内を見ていた。すると、家族やカップルでにぎわう中、サングラスをした小太りの男が一人でウロウロしているのを見つけた。大事そうにアタッシェケースを持ち、キョロキョロと辺りをうかがっている――。

その男の姿を確認したウォッカは、双眼鏡を下ろしてニヤリと笑った。そして隣のジンに報告する。うなずいたジンは胸の内ポケットからスマホを取り出し、メールを送信した。

ブーブー……。

園内の芝生にライフルバッグを背負って座っていた黒ずくめの組織のメンバー、コードネーム《キャンティ》のスマホが震えた。ジンからのメールだ。

『撤収しろ』

メールの文面を見たキャンティは被っていた帽子をずらし、チェッと舌打ちした。

「何だよ、出番ナシかよ……、ほら！　引き揚げるよ！　撤収しろってさ」

と、そばにいた同じく黒ずくめの組織のメンバー、コードネーム《コルン》を振り返る。

が、コルンは返事もせず、ぼぉーっと何かを見つめている。キャンティが立ち上がり、コルンの視線の先を追うと――そこには大観覧車があった。

「……何？　乗りたいの？」

キャンティが苛立った口調でたずねると、コルンは無言で頬を赤らめた。

左カーブを曲がったコースターは再び急降下して、モンスターが大きく口を開けたトンネルに吸い込まれるように入っていった。突然視界が真っ暗になり、女性陣が「キャアアア」と悲鳴をあげる。小さなカーブをジグザグと曲がるコースターの前に、不気味なガイコツやモンスターのオブジェが次々と現れた。さらに巨大なガイコツの口の中を通り、再び化け物のオブジェが襲いかかる。

「キャアアー――!!」

目を閉じて叫ぶ蘭の手は、バーに掛けた新一の手をずっと握ったままだ。コースターは暗闇を下りながら猛スピードで駆け抜け、新一が次々と迫る化け物のオブジェを見て楽しんでいると、

――ピチャッ。

頬に何かがかかった。

「うっ、何だ？　水か？」

頬に数滴垂れたものを指で拭い、舐めてみる。

「……しょっぱい？」

新一が指についた液体を見つめていると、

「ウゲッ!!」

背後から断末魔のような悲鳴が聞こえた。同時に生温かい液体が後ろから降りかかる。

「きゃー!! なによこれ!?」

蘭の顔にも液体がかかったらしく声をあげたが、真っ暗で何がかかったのかわからない。

生温かいしぶきは後ろから二人にどんどん降りかかってくる。

(何だ、これは!? まさか――)

出口の光が近づいてきて、新一は後ろを振り返った。コースターにだらんと垂れた岸田の左腕が目に入る。

「きゃあああああ――!!」

血だらけになって叫ぶ愛子の隣で――頭部が切断された岸田から盛大な血しぶきが上がっていた。

「なっ、何だぁぁ!?」

岸田の後ろに座っていたウォッカは目の前で上がる血しぶきに声をあげた。

トンネルを抜けたコースターは血しぶきをレールに落としながら進み、徐々にスピードを落としながら出発口へ向かう。

乗り場にコースターが戻ってくると、係員が近づいた。

「お疲れさまでした～」

「足元にお気を――」

血まみれになったコースターに首のない遺体が乗っているのに気づいて、うわっと退く。

「じ、事故だ!!」「救急車を呼べ!!」「警察にも連絡しろ!!」

客達から悲鳴があがり、コースター乗り場は一瞬にして騒然となった。

通報した警察が駆けつける前に、係員は首を切られた岸田の遺体をコースターから降ろし、乗り場の床に寝かせてタオルをかけた。

新一がタオルをめくり、切断部分をじっくりと見る。

「ど、どうして岸田君が……うう……」

むせび泣く愛子をひとみがそっと抱きしめた。二人のそばで礼子も涙ぐむ。

新一は立ち上がると、服についた血をハンカチで拭いた。

「新一……」

そばにいた蘭が不安そうに新一の腕をギュッとつかむ。

コースターのそばにいたジンは床に横たわった遺体を見て、フンと鼻を鳴らした。

「……運の悪いヤツめ……」

「とにかくこれは事故だ、俺達は帰らせてもらうぜ」

ウォッカとジンが出口へ向かおうとすると、

「待て！」

新一が呼び止めた。

「これは事故じゃない！　殺人事件だ!!」

新一の言葉に、ジンとウォッカが振り返り、愛子達が顔を上げた。

「そして犯人は、被害者と同じコースターに乗っていた、我々七人の中にいる!!」

「し、新一……」

蘭をはじめその場にいた全員が耳を疑った。ウォッカがケッと舌打ちをする。

「付き合ってらんねーぜ！」

すると、出入り口付近に集まっていた客達をかき分けて係員が入ってきた。

「すいません！　こちらです」

係員に先導されてやってきたのは、目暮警部、高木巡査部長、そして千葉和伸刑事だった。

「おおっ、工藤君！　蘭君も一緒か」

新一と蘭の姿を見つけた目暮が言うと、客達がざわめき立った。

「工藤……？」

ウォッカが新一をチラリと見る。

「おお！　あれが有名な高校生探偵、工藤新一か！」

「迷宮入りの難事件を次々と解決してるっていう、日本警察の救世主！」

「ちょっと来て来て！　工藤君よ、工藤君♥」

「お手並み、拝見させてもらおうぜ！」

盛り上がる客達に、新一は「いやあ……♥」とにやけながら頭をかいた。

「もぉ……」

さっきまでの緊張感はどこかへ吹き飛んで頬がゆるみっぱなしの新一に、蘭はあきれてしまった。

ミステリーコースターは封鎖され、入り口前で警官が客達に話を聞いた。コースター乗り場では鑑識員が岸田の遺体やコースターの車体をくまなく調べた。千葉は愛子達から事情を聞き、高木は岸田が座っていた座席をチェックしている。

「……なるほど」

新一から事件の詳細を聞いた目暮は、あごに手を当てて小さくうなずいた。

「確かにジェットコースターそのものには事故や故障の痕跡は全くないし、状況から見て自殺の線も薄い……」

「ええ。ですから警部、これは明らかに殺人です」

新一はきっぱりと断言した。

「だが、誰がどうやって殺したんだ……？」

目暮が漏らすと、新一は辺りを見回しつつ目暮に近づき、耳打ちした。

「警部……」

「ん？」

千葉に質問をされる愛子のそばで、ひとみと礼子が新一達を見た。ジンとウォッカもこそこそと目暮に何かを話している新一に目を向ける。

うむ、とうなずいた目暮は、出入り口に残っていた客達を振り返った。

「コースターに同乗していた人はここに残ってもらいますが、他の方はお引き取りくださって結構です」

「えー、終わりかよー」

客達は不満を言いながらも、警官に誘導されて乗り場から出ていった。

コースター乗り場がバリケードテープで封鎖されると、新一はメモに書いたコースターの座席図を床に置いた。片ひざを立てて座った目暮がメモを覗き込む。

「このコースターは八人乗り…君と蘭君はとりあえず除外して考えると、容疑者は五人」

「一列目に乗っていた被害者の友人Aと同じく友人B。被害者と同じ三列目に乗っていた、被害者の友人であり、恋人でもあるC。そして、被害者の後ろに乗っていた黒ずくめの男、DとE……」

座席図を見た目暮は、うむ…と考え込んだ。

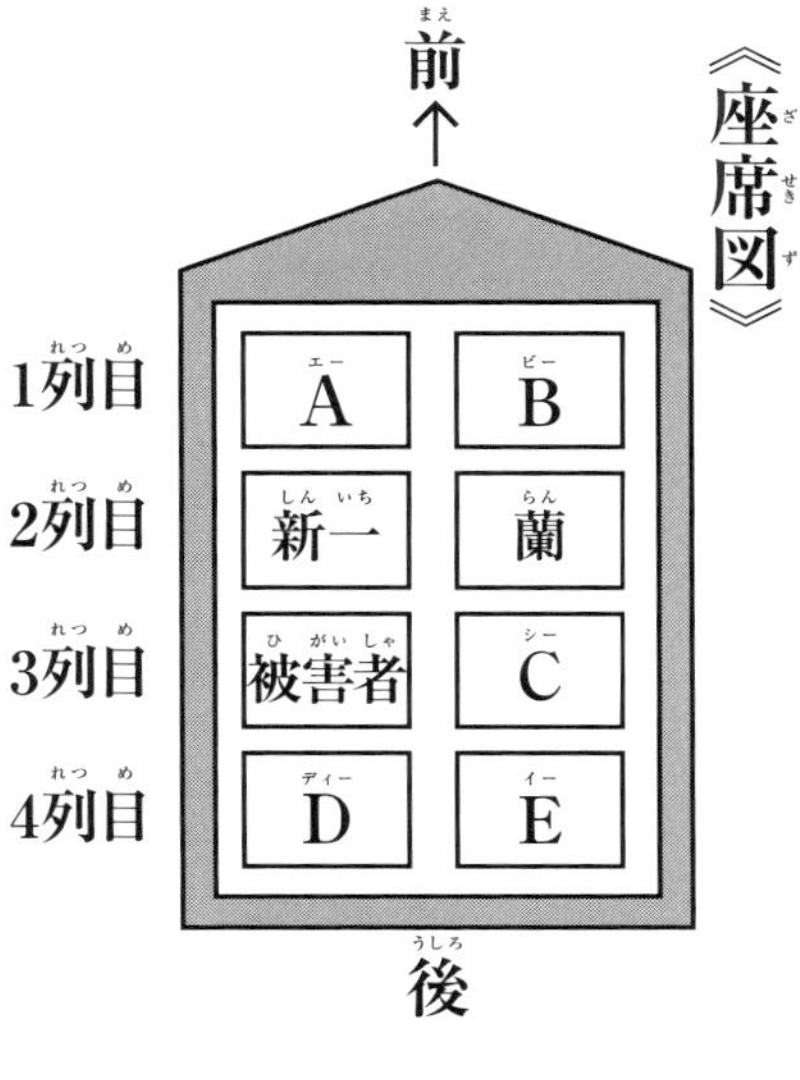

「しかし、そうなると全員セーフティーガードをして身動きがとれなかったのだから、殺害できたのは被害者の隣に座っていたCだけとなるが……いや、後ろの男性にも可能か……」

あごに手を当てて考えている目暮の後ろに、ジンがやってきた。

「おい、早くしてくれ！　俺達や、探偵ゴッコに付き合ってるヒマなんかないんだぜ」

《座席図》

前↑

1列目	A	B
2列目	新一	蘭
3列目	被害者	C
4列目	D	E

後

「ア、兄貴……」

警察に堂々と文句をつけるジンに、ウォッカがうろたえる。

「申し訳ない、もうしばらくお付き合いください」

立ち上がってジンと向かい合う目暮の横で、新一はジンを見上げた。

深く被った黒い帽子から覗いたその冷酷な瞳に、新一の背筋がゾクリとした。

(何だ……コイツの凍りつくような目は!! まるで、平気で何人も殺してきたような目だ……!!)

全身黒ずくめの格好といい、およそ遊園地には似つかわしくない男だ。コイツは一体何者なんだ——新一がジンから目を逸らせずにいると、

「目暮警部!」

千葉の呼ぶ声がした。

「どうした、千葉君?」

目暮とジンが振り返り、新一も立ち上がる。

「この女性のバッグからこんな物が!」

千葉は愛子のバッグから布に巻かれた血のついた包丁を取り出した。

「う、うそ……私、知らないわよ！　そんな物!!」

一歩下がった愛子は、首を横に振った。そばにいたひとみが愕然と愛子を見る。

「あ、愛子……何でそんなことしちゃったのよ……」

「ち、違う！　私じゃない!!」

「岸田君とはうまくいってたと思ってたのに……何で……」

「信じて!!　私じゃないの!!」

互いに涙を流すひとみと愛子に、新一は厳しい目を向けた。愛子の頬を伝う涙が落ちて、首に巻いたチョーカーの石を濡らす。

「おらおら、犯人はそのアマで決まりだ！　早く俺達を帰してくれ、刑事さんよ!!」

ウォッカが愛子を指差して叫ぶと、ジンはフッと笑った。

乗り場の出入り口で粘っていた客達が、なーんだとガッカリする。

「思ったより簡単に犯人が見つかったわね」

「俺もあの女がクサイと思ってたぜ」

「恋人同士のケンカが原因かぁ。女は怖いね……」

客達の前で考え込んでいた目暮は、うむ…とあごを引いた。

「よーし、その女性を容疑者として連れていけ!!」

目暮に指示されて、千葉は愛子の左腕をつかんだ。

「では、こちらに」

「そ、そんな……」

涙を流した愛子がつかまれた腕を呆然と見る。ジンとウォッカはバリケードテープが張られた出入り口へ向かった。

「それから念のため、ジェットコースターに乗っていた他の方々の身元も確認させてもらいます！」

目暮の言葉に、バリケードテープをつかむジンの手がピクリと止まる。

「問題はありませんな？」

目暮は背中を向けたジンとウォッカに言うと、ゆっくりと近づいていった。トレンチコートのポケットに入れたジンの左手が動く。するとそのとき、

「待ってください、警部」

新一が呼び止めた。

「……？　どうしたね、工藤君」

目暮が足を止めて振り返ると、ジンはチラリと後ろを見た。そして出しかけた左手をポケットに収める。

「犯人は、彼女じゃありません」

「し、新一……？」

「工藤君……？」

自信に満ちた顔で断言する新一に、蘭や目暮達は目をパチクリさせた。

「このジェットコースターで、被害者の岸田さんを殺害した犯人は……あなただ!!」

新一は犯人を指差した。愛子を連行しようとする千葉、蘭と高木、ジンとウォッカの背後に立った目暮、そして礼子が新一の人差し指が示す人物を振り返る。

涙を流していたひとみは、新一に指されてハッと目を見開いた。

「な、何だって!?」

新一に駆け寄った目暮が、まさかとひとみを見る。

「……何言ってるのよ！　愛子のバッグから刃物が出てきたのを見たでしょ⁉」

ひとみが身を乗り出して愛子を指差すと、ズボンのポケットに両手を突っ込んだ新一は肩をすくめた。

「あんな物で、人間の首は切断できませんよ……特に女性の力ではね、それに、もし彼女が犯人なら、凶器を捨てるチャンスはいくらでもあったハズだ！　わざわざ布にくるんで、バッグの中に隠す必要なんてないですよ」

説明しながらゆっくりとひとみに近づいた新一は、力強い目を向けた。

「あれは、あなたが愛子さんに罪をなすりつけるために、あらかじめあの人のバッグの中に入れておいた物なんじゃないんですか？」

「バ……バカなこと言わないで‼」

ひとみは涙を流しながら叫んだ。

「私の乗ってた席は、死んだ岸田君の前よ！　その私にどーやって岸田君の首が斬れるっていうの？　だいいち、あなたが今言ったじゃない！　女の力じゃ切断なんてできないって……！」

両拳を握って抗議するひとみに、新一はフッと笑みをもらした。

「……確かに女性の力だけでは無理だ。だが、コースターのスピードとピアノ線か鋼鉄の輪を利用すれば可能です!!」

「!?」

ひとみの眼差しがかすかに揺らいだ。対峙した新一が「目暮警部」と振り返る。

「警察の皆さんに手伝っていただいて、犯行を再現してみたいんですが」

「あ、ああ。それは構わんが……」

目暮の了解を得て、新一は警官や鑑識員と共にコースターに乗り込んだ。

「ボクが犯人——つまり、ひとみさん役で、目暮警部が被害者の岸田さん役ですよ」

「うむ……」

最前列の左側に立った新一は三番目の左側に座った目暮に声をかけ、座席に座った。

「まず、セーフティガードを下ろす前に、何かバッグのような物を背中に挟んで座り、ガ背中と座席の背もたれの間にバッグを挟んだ新一がセーフティガードを下ろすと、カチリとロックが掛かった。

「そして犯行前、背中に挟んだバッグを外せば隙間ができ……ほら！　簡単に抜けることができる」

新一がスルリとセーフティガードを抜け、隣に座った警官はアッと驚いた。

「次にあらかじめ用意しておいた輪にフックのような器具を取り付けた物を取り出し、セーフティガードに足をかけて体を後ろに伸ばし、被害者の首に掛ける……もちろん真っ暗なトンネルの中でね」

ピアノ線の代わりに警察に用意してもらったフック付きのロープの先端に輪を作ると、新一はセーフティガードに足をかけて後ろに身を乗り出し、二列目の警官の頭にぶつからないように注意しながら三列目に座る目暮の首にロープの輪を掛けた。バリケードテープの向こう側にいる客達が「お～」と声をあげる。

新一は座席に戻り、置いてあったフックをレールの上に落とした。

「仕上げに輪の先に付いてるフックをコースターのレールに引っ掛け、あとはコースターのスピードとパワーが被害者の首を吹っ飛ばしてくれるってわけですよ」

コースターに引っ張られたフックはレールに引っ掛かり、ピンと張り詰めたピアノ線の輪が岸田の首を切断して血が吹き出す——そんな光景を頭に浮かべた一同は、言葉を失った。

「で、でたらめよ!!　走るコースターの上でそんなこと——」

沈黙を破ったひとみに、新一は「いや」と首を横に振った。

「あなたは体操をやっている……他の女性ならともかく、バランス感覚の鍛えられたあなたなら、コースターの上でもこれくらいのことはできる!!」

コースターを降りてひとみと対峙する新一の前に、礼子が飛び出した。

「ちょっとあんた！　いいかげんに——」

「ネックレスはどうしました？」

「!!」

新一の言葉に、ひとみがハッと目を見開く。

「コースターに乗る前、あなたがその首に掛けていた真珠のネックレスですよ」

一同の視線が一斉にひとみの首元に向くと同時に、ひとみは首元を両手で隠した。

「あなたはネックレスの紐をピアノ線に変え、それに取り付けたフックはそのバッグの中に隠していた……」

新一がひとみのショルダーバッグに目を向けると、礼子が「ちょっと待って！」と口を挟んだ。

「今あんたが言ったやり方なら、岸田君の後ろに乗ってた、あの二人の方が簡単にできるんじゃない？」

とジンとウォッカを指差す。

「いいえ。彼等はいかにも怪しそうですが、犯人じゃない！」

「どうして!?」

「何の目的でジェットコースターに乗ったかは知らないが、警察が来た途端、ここからすぐに離れたいと言わんばかりに態度を急変させるのは変だ！　もし犯人なら、こうなることはわかっていたハズですからね！」

「………」

新一の言うことはもっともで、礼子はそれ以上反論することができなかった。

「そう……犯人はわかってたんですよ、被害者が死ぬのを。だから、涙を流した……」

岸田の首が吹っ飛ぶ直前、トンネルの中で水のようなものが頬に当たったことを新一は告げた。

水だと思ったそれは舐めてみたらしょっぱかった。つまり、涙だ。

「トンネルを出て、被害者が亡くなったとわかってから、ここに着くまでそんなに時間はかかってない…つまり、コースターに乗ってるうちに大粒の涙を流せるのは犯人以外にいない！」

「じゃあ、あんた、ひとみがコースターの上で泣いてるのを見たって言うの？ それが証明できる⁉」

礼子は今も涙を流しているひとみを指差した。

「彼女の涙が動かぬ証拠です」

「え？」

「ジェットコースターにでも乗ってないかぎり、涙は横には流れないんですよ……」

新一に言われて、礼子達は首元を隠しながら泣いているひとみの顔を見た。

頬を伝って下に落ちる涙とは別に、目尻から耳へと真横に流れる涙のすじが残っていた――。


「……み、みんな……」

突然、ひとみがその場に座り込んだ。

「みんなあの人が悪いのよ！　あの人が私を捨てるから……!!」

礼子はまさかと泣き崩れるひとみの顔を覗き込んだ。

「ひ、ひとみ……あなたまさか、岸田君と付き合ってたの……？」

「そうよ!!」

顔を上げたひとみは礼子をギロッとにらんだ。

「大学であなた達に会うずーっと前から、私達は愛し合っていたわよ!!　それを愛子にこんな女に!!」

……こんな女に!!」

ひとみは礼子の後ろにいた愛子にバッグを投げつけた。が、当たる寸前で千葉が叩き落とし、ひとみは床に落ちたバッグを呆然と見つめた。バッグを投げた手でジャケットをギュッとつかむ。

「……だから……だから……あの人と最初にデートしたジェットコースターで、あの人にもらったネックレスで、愛子に罪を被せて殺してやりたかったのよォォォ!!」

その後、ひとみのバッグから大量の睡眠薬が発見された。どうやら犯行後、岸田の後を追い自殺するつもりだったらしい。

二時間後にはトンネルの中から、犯行に使われたネックレスも発見された。紐はやはりピアノ線に変えられ、真珠はほとんど飛び散り、残ったものは夕日を浴びて淡い光を放っていた。まるで、大粒の涙のように——……。

6

新一と蘭がミステリーコースターを出る頃にはすっかり日が暮れ、ライトアップされたトロピカル城は昼の姿とは違い幻想的な雰囲気に包まれていた。

事件がよほどショックだったのか、外に出てきてからも蘭はずっと泣きっ放しだった。

「おいおい、もう泣くなよ」

隣を歩いていた新一が声をかけると、蘭は顔を上げてジロリとにらんだ。

「……アンタはよく平気でいられるわね」

「オ、オレはほら、現場で見慣れてるから……バラバラなヤツとか」

ハハハッとわざと明るく笑い飛ばしたが、逆効果だったようで、蘭は「サイテー!!」と顔を覆って立ち尽くした。

「あ、いや、早く忘れた方がいいぜ、ほら、よくあることだからさ……」

「ないわよ、こんなこと‼」

再び泣き出す蘭に、新一は弱ってしまった。なぐさめたつもりなのに、火に油を注いでしまったようだ。どうしようか――……。

フゥ…と息をつき両手を頭の後ろで組んで辺りを見ると――人混みの奥に全身黒ずくめのいかつい男の姿が見えた。

(あの男……たしかコースターに乗ってた怪しいヤツ……)

ウォッカは辺りをキョロキョロと見回し、奥へと進んでいった。


せっかく新一と二人っきりで遊びに来たのに、どうしていつも事件が起きてしまうんだろう――泣いている蘭の頭からは凄惨な事件現場がこびりついて離れなかった。あんなのを見て、平気でいられるわけがない。何事もなかったように遊園地を楽しむことなんてできない――。

「遊園地なら事件なんか起きないって新一が言うから……」

泣き言をもらす蘭に、新一は顔を寄せた。

「悪い、蘭、先に帰っててくれ！」

「え？」

蘭が顔を上げると同時に、新一は駆け出した。

「すぐ追いつくからよ！」

「し、新一！」

人混みの中を走っていく新一を慌てて追おうとすると、何かにつまづいて、蘭は足元を見た。靴紐がほどけている――。

（行っちゃう……！）

蘭がハッと顔を上げると、人混みの中に新一の姿は消えていた。

その瞬間、蘭の頭に嫌な予感がよぎった。

新一と、これっきりもう会えないような、嫌な予感が――。

人混みの中を進んでいったウォッカはトイレの横の狭い道に逸れたかと思うと、さらにその奥の茂みの中へ入っていった。新一も後を追う。

草木の間をくぐり抜けてようやく茂みから出ると、そこは大観覧車の土台のすぐそばだった。夜空に伸びた支柱の先には、巨大なホイールにぶら下がったゴンドラの底が見える。

しかし、そこにウォッカの姿はなかった。

「クソ……見失ったか……」

新一がキョロキョロと周囲を見回していると、

「待たせたな、社長さんよぉ」

土台の向こうからウォッカの声がした。新一は土台の端に駆け寄り、声がした方をそっと覗き込んだ。

（いた……!!）

全身黒ずくめの男の前には、サングラスをした小太りの中年男が立っていた。

「や、約束どおり一人で来たぞ！」

社長と呼ばれた中年男は大事そうにアタッシェケースを抱えながら、ウォッカに歩み寄る。

「ああ、一人で来たのは知ってるさ…コースターの上から確かめさせてもらったからな」

そうか、と新一は納得した。黒ずくめの男二人がなぜ場違いな遊園地でジェットコースターに乗っていたのか、ずっと疑問に思っていたのだ。

「は、早く例の物を……」

「焦るなよ、金が先だ」

新一は二人の会話を聞きながら、上着のポケットからデジカメを取り出した。

「ほら！　これで文句あるまい!!」

社長は持っていたアタッシェケースを開けて見せた。中には札束がギッシリと詰まっている。

（スゲー、一億はあるぞ……）

ウォッカは札束を確認すると、受け取ったアタッシェケースを閉じた。

「よし、取り引き成立だ」

「さあ、早くフィルムを！」

社長がしびれを切らしたように手を差し出す。

（フィルム……？）

ウォッカはスーツの内ポケットから封筒を取り出し、「ほらよ！」と社長の胸に叩きつけた。

「オマエの会社の拳銃密輸の証拠のネガとプリントだ。悪いことはするもんじゃねーぜ」

と忠告して、歩き出す。

新一は土台の影からデジカメを持った手を伸ばし、パシャパシャとシャッターを切った。

「う、うるさい！　オマエ等の組織がやってることに比べれば、ワシ等なんて――」

社長の言葉に、ウォッカが立ち止まって振り返った。

「おい、オマエが一体俺達の何を知ってるんだ。あん？」

「あ、いや……」

凄みを利かせたウォッカの声に、社長は思わず退いた。きびすを返したウォッカがゆっくりと社長に近づいていく。

「こっちは一億ぽっちで命を取らねぇで済ませてやるって言ってんだ！　わかったらとっとと会社たたんでよそに移るんだな！　こっちはあの土地に新しいラボを造りてぇだけな

んだからよ」

至近距離で凄まれた社長は足をガタガタ震えさせながら、「は、はい……」と返事をした。

新一は二人の会話を聞きながらシャッターを切り続けた。

怪しい男達だとは思っていたけれど、まさかこんな取り引き現場に出くわすとは――。

(おいおい、マジかよ……)

そのとき、背後から近づく足音がした。

新一がハッと振り返ると――もう一人の黒ずくめの男が立っていた。

「探偵ゴッコはそこまでだ」

ジンが特殊警棒を振り上げた。新一は素早く逃げようとしたが、ジンの動きの方が速かった。後頭部を殴られ、その場に倒れ込む。

「ア、兄貴……!」

新一の存在にようやく気づいたウォッカが駆け寄ると、ジンは警棒を折り畳んだ。

「バカ野郎。こんなガキにつけられやがって……」

「‼　このガキ……さっきの探偵‼」

うつぶせに倒れている新一を見て、ウォッカはクソッと歯噛みした。

「殺しやすかい？」

「やめろ！」

ジンは懐から拳銃を抜きかけたウォッカを制した。

「さっきの騒ぎでサツがまだうろついてるんだ」

そう言うと、芝生に落ちていた新一のデジカメを拾い上げた。撮られた画像を確認して、トレンチコートのポケットにしまう。

「じゃあ、どうするんで？」

「……コイツを使おう」

ニヤリと片頬を持ち上げたジンは、懐から銀色のピルケースを取り出した。

「組織が新たに開発した、この毒薬をな、何しろ遺体から毒が検出されないって触れ込みの、完全犯罪が可能なシロモノだ……」

倒れている新一の髪をつかんで無理やり顔を上げさせると、その口にカプセルをつまんだ指を押し込んだ。新一の口から指を抜き、カプセルと一緒にピルケースに入っていた円筒容器の液体を飲ませる。

「まだ人には試したことがない、試作品らしいがな……」

地面に倒れ込んだ新一は、ゴホゴホと咳き込んだ。口元から液体が垂れる。

「兄貴、急がねーと」

「ああ」

新一の様子を見ていたジンは立ち上がり、黒い帽子のつばをクイッと上げた。

「……あばよ、名探偵！」

新一を見下ろしたジンはニヤリと笑い、ウォッカと共に茂みの奥へと走り去っていった。

残された新一は液体を口からこぼしながら、ゴホゴホ…と咳き込み続けた。やがて、その咳も呼吸も徐々に弱まっていく――。

ドクン――!!

突然、新一の心臓が大きく脈を打った。

強烈な衝撃がとめどなくうねり押し寄せてくる――！

大きく目を見開いた新一は、苦しそうに身をよじった。すると今度は、体の芯がじわじわと燃えるように熱くなった。

（クソッ……か、体が熱い……！）

海老のように丸まり息を荒げる新一の体から、シュウシュウと白い煙が立ち上った。張り裂けそうな心臓の痛みと共に、体中の血液が煮えたぎるように熱くなる――。

（……骨が……骨が溶けるみてぇだ……）

激しい痛みに耐えるように、新一はギュッと芝生を握りしめた。が、
ドクン――!!

灼熱の体を食い破るほど凄まじい衝撃が走り、のけぞった新一はガクリと突っ伏した。

（……クソ……ダメだ……）

動かなくなった新一の体から上っていた白煙は徐々に短くなり、やがて完全に消えた。

7

深い深い海の底に沈んだような感覚だった。闇と静寂にどっぷりと浸かっている。

ここはどこだ。オレはどうしたんだっけ——。

ふいに、漆黒の闇にぼんやりとした光がよぎった。

「おーい、ちょっと来てくれ！　誰かが死んでるぞ!!」

遠くから声がして、新一は悟った。

そうだ。怪しい取り引き現場を目撃したオレは、黒ずくめのヤツらに毒薬を飲まされたんだ。遺体から毒が検出されないっていう完全犯罪が可能な毒薬を——。

(ハハハ……やっぱオレ、死んじまったのか……)

「いや、まだ息はある！」

「救急車！　救急車を呼べ!!」

近くで声がすると同時に、暗闇を照らす光が慌ただしく左右に動いた。

息はあって……オレのことか？

（い、生きてる？）

そう思った瞬間、まぶたがピクリと動いた。

（そーか、あの薬、人間には効かなかったんだ……ラッキーでやんの……）

「ひでー、頭から血を流してるぞ」

うっすらとまぶたを開くと、人らしきシルエットがぼんやりと目に映った。徐々にくっきりと見えてきて、それがライトを持った警官だとわかる。

（お……警察か？　いっぱいいる……。よし、とにかくアイツらの悪事を全部バラしてやる!!）

「おい、しっかりしろ」

一人の警官が新一に呼びかけてきた。そして笑顔で手を差し伸べてくる。四方からライトを照らされた新一は地面に手をつくと、ゆっくりと体を起こした。

「立てるかい？　ボウヤ？」

「……へ？」

取り囲む警官達を見て、新一はきょとんとした。

今、何て言った……？

「大丈夫かい？　ボウヤ」

別の警官にも言われて、新一は耳を疑った。

（ボウヤ？　何言ってんだ、コイツら。オレは高二だぜ……）

いくら何でも高校生にボウヤ呼ばわりはないだろう。それにこの警官達、超有名な高校生探偵のオレを知らないのか……？

「どうしたんだ？　その頭のケガ」

警官に言われて、新一は頭から出た血が右頬にまで流れていることに気づいた。

（ケガ……？　そうか、あのとき黒ずくめの男に後ろから殴られて……）

ズキッと頭が痛み、新一は手で押さえると、

（え？）

押さえた手が袖から出ていないことに気づいた。袖が異様に長くてブカブカなのだ。さらに足を上げて見るとズボンもダブダブで、ひざの辺りにつま先がある。

「な、何だ？　この服……」

何でだ？　倒れている間に伸びちまったのか!?

自分の服のはずなのに、なぜか異様にデカくなっている。

「怖かったろう、ボウヤ、でもオジさん達が来たから、もう安心だよ」

警官は新一の両脇に手を入れると、軽々と持ち上げた。

（コ、コイツ、オレの体を軽々と……！）

たいしてオレと背格好も変わらないはずなのに、こんなに軽々と持ち上げるなんて――。

「オイ！　ケガしてんだぞ！」

「あ……スマン、つい……」

同僚に注意されて警官が新一を抱きかかえると、少し離れたところにいた別の警官が腰の無線機を手に取った。

「え～、観覧車の下で頭部を負傷している少年を保護しました！　今から医務室に運びます」

無線機を手にした警官が、新一をチラリと見る。

「え〜、年齢は六〜七歳……おそらく小学生だと思われます！」

（え……⁉）

警官の言葉に、新一は耳を疑った。

（小学生って……誰だ⁉）

「ただいまー……」

明かりのついた毛利探偵事務所のドアを蘭が開けると、すっかり酔っ払った小五郎が頭にネクタイを巻き、デスクに足をのせてふんぞり返っていた。

「おー、帰ったか、蘭」

「もぉー！　お父さん、またこんなに散らかして‼」

空き缶でいっぱいになったデスクを見て、蘭はツカツカと事務所に入ってきた。ゴミ袋を片手に空き缶を片っ端から放り込んでいく。

「こんなんだから仕事の依頼もなくて、お母さんにも逃げられちゃうのよ！」

「うるせー！　俺は仕事を選んでんだよ!!」

小五郎は反論すると、うつろな目でヒックとしゃっくりをした。

「そういや、あの探偵気取りのボウズはどした？　今日は一緒だったんじゃねーのか？」

空き缶を捨てる手を止め、蘭は黙ってうつむいた。

遊園地から帰るまでは一緒だったのに、途中でいなくなっちゃって——。

『すぐに追いつくからよ！』

そう言ったのに、結局戻ってこなかった。

「どうしたんだろう、新一……」

蘭がぽつりとつぶやくと、小五郎は「ははーん」とニヤニヤした。

「さてはケンカしたな？　あー、ほっとけほっとけ！　どーせ探偵なんてろくなヤツがいねーんだからよ！」

「……お父さんだって探偵でしょ」

励ましてるつもりなのかそうじゃないのか……蘭は酔っ払った小五郎をあきれた顔で見つめた。

トロピカルランド内にある医務室に連れていかれた新一は、医師の手当てを受けたあと、警官達に怪しい取り引き現場に遭遇したことを説明した。しかし、新一がどれだけ詳細に話しても、警官達は真面目に取り合ってくれなかった。

「だから、さっきから言ってるでしょ⁉ オレ、見ちゃったんですよ！ 拳銃密輸してるヤツと、それをネタにゆすってるヤツ！ でも、もう一人の仲間に見つかって、後ろから頭をガーンと……」

警官達と一緒に話を聞いていた医師や看護師は、ニコニコと笑っている。そばにいた警官がひざに手をついて、新一を見下ろした。

「こら、ボウヤ。刑事ドラマの見すぎだぞ」

「オレはボウヤじゃねぇ！ 高校二年生だ‼」

新一は怒ってピョンピョンと跳ねた。すると、一同がドッと笑い出す。

まるで相手にされない新一は、言葉を失くした。

高校生探偵のオレがこんなに必死に説明しているのに、誰も本気にしないなんて——。

(おかしい……何か変だ……)

さっきから感じるこの違和感は何だ。

医師や警官達がやたらでかく見えるし、服もダブダブで——。

何重にも折り返した袖から出た自分の手を見て、新一はギクリとした。

オレの手、こんなに小さかったか……？

「先ほど確認しましたが、該当する迷子の届けはないそうです」

「まいったなぁ……頭をケガしてるのは確かだし……」

トロピカルランドの係員と警官達が話しているのを聞くうちに、胸の内に湧き上がる懸念がどんどん大きくなっていく。

(コイツ等の反応……ダブダブの服……そして……)

新一は自分の喉に手を当てた。警官に話す自分の声がよみがえる。

（オレのこの声……!!）

夢中で話しているときには気づかなかったが、やけに甲高い声だった。これじゃあ、まるで——……。

頭に湧いた幾つもの疑問が一つの答えに導かれていき、新一はクソッと頭を振った。

（そんなこと有り得んのか!? いや……たとえそれがどんなに有り得ないことでも……真実はいつも……）

覚悟を決めた新一は顔を上げ、壁に掛けられた大きな鏡を見た。一歩ずつゆっくりと鏡に近づいていく。

鏡に映った自分を見た新一は、ショックのあまりバン！ と鏡に手をついた。

（な……何だぁ!?）

目の前に映っていたのは——小さな男の子だったのだ。警官が言うとおり、六、七歳の小学生だ——。

（ウソだろぉ〜!? まさか本当に体が縮んでるなんて——……!!）

もしかしたら…とは思ったが、現実を目の前に突きつけられると、あまりにショックで息をのんだまま唖然とした。

何でだ？　どうして体が縮んじまったんだ――!?

「それじゃあ、やっぱり家出の可能性が高いのか」

「とりあえず本部に連絡して、警察の託児所で預かるしかないな……」

小さくなった新一の背後で、警官達が話し合う声が聞こえてきた。

（た……託児所!?）


「それじゃあ、ボウヤ、オジさん達が――」

警官が振り返ると、鏡の前にいたはずの新一が消えていた。

「い、いない!!」

別の警官が入り口の横の窓が少し開いているのに気づいた。

「窓だ！　窓から逃げたぞ!!」


窓から逃げた新一は必死で走った。

ブカブカの靴に慣れない子供の体で何度も転びそうになったが、それでも走り続ける。

(託児所なんて冗談じゃねぇ！　そんなところに預けられてたまるかよ!!)

閉園して静まり返った園内を走った新一は、アトラクションの建物の隙間に入った。子供しか入れない幅の隙間をどんどん進んでいくと、

「おーい！　ボウヤ――!!」

遠くから警官の声がした。新一は子供一人がようやく入れるほどの大きさの通気口を見つけて入った。真っ暗な中をほふく前進で進み、何とか外に這い出ると、警察犬が待ち構えていた。いきなり牙をむいて吠えられ、新一は驚いて飛びのいた。

(犬!?　でけぇ!!)

「いたぞー！」「あっちだ!!」

警察犬の吠え声に気づいて、遠くにいた警官達が走ってくるのが見えた。

「くそっ!!」

新一はそばにあった高さ一メートルほどの壁によじ登って警察犬から逃れると、さらに先に進み、デコレーションの骨組みの中をくぐっていった。

(……ったく！　オレは何かの犯人かよ!!)

デコレーションを通り抜けた新一は、植え込みに隠れた。

新一を見失った警官や係員達は橋の上で「ボウヤ～！」と叫びながら、周囲をライトで照らして新一を捜し続けている。

新一が植え込みの陰から様子をうかがっていると、ポケットに入れたスマホがブー、ブーと震えた。取り出して画面を見ると、『毛利探偵事務所』と表示されている。蘭からの着信だ。

(やった！　これで蘭に迎えに来てもらえば――)

応答ボタンをタップしようとした人差し指が、画面に触れる直前でピタリと止まった。

(でも、今のオレの声じゃあ……それにこの体……)

電話に出てもこの声では新一だとわからないだろう。たとえ迎えに来てもらっても、高校生の新一はもういない。体が縮んで小学生になってしまったのだ。

思い惑う新一の手の中で、スマホは震え続ける。

やがて電話が切れた。

画面に表示された『不在着信』の文字を見て、やはり出るべきだったか――と新一は後悔した。

（そ、そうだ！　せめてメールで……）

とメール画面を開こうとして、すぐに思い直した。

（ダメだ……説明のしようがねぇ……こんなこと……）

伸ばした人差し指を折り畳み、拳をギュッと握ると、ふと蘭の言葉が脳裏に浮かんだ。

『いい気になって事件に首突っ込んでると、いつか危ない目に遭うわよ！』

蘭の言うとおりだ。

まさかこんなことになっちまうとは――……。

「向こうもよく捜せ！」

警官の声が近づいてきて、新一はハッと顔を上げた。そして植え込みから飛び出して走る。

とにかく今は警官から逃げて園の外に出るしかなかった。

（クソッ、クソッ、クソッ――!!）

行き場のない悔しさに耐えながら、新一は走り続けた。

新一のスマホに電話をかけても出なかったので、蘭は新一の自宅にも電話をしてみた。

『はい、工藤新一です。ただいま外出しています。御用の方は発信音の後にメッセージをどうぞ！』

新一のメッセージの後にピーッと電子音が鳴り、蘭は受話器を見た。

「家にも戻ってない……」

「どーせ、あのえれー小説家の親と晩メシでも食いに出かけてんだろ」

すっかりできあがっている小五郎がビール缶を片手に言うと、蘭は受話器を置いた。

「何言ってんのよ！　新一の両親は三年前からアメリカに住んでて、今は新一、一人暮らしなのよ」

「あー、そうだっけぇ～？」

たいして興味がない小五郎は再びちびちびと酒を飲み出した。電話を見つめる蘭の頭に、別れ際の新一の姿が思い浮かぶ。

すぐ追いつくって言ったくせに、結局戻ってこなかった——。

(やっぱりあの後、何かあったんだ……)

「わたし、ちょっと新一の家に行ってくる！」

蘭はソファに掛けていたコートを羽織り、事務所を飛び出した。

「おーい、俺のメシはー？」

小五郎がドアから顔を出して階段を覗くと、すでに蘭の姿はなかった。

トロピカルランドを抜け出した新一が街の中を走っていると、雨が降ってきた。行き交う人々は傘を差し、道路を走る車のヘッドライトが濡れた路面を照らす。

パトカーのサイレンが近づいてきて、新一はとっさに自販機の陰に隠れた。赤色灯をつけた二台のパトカーが通り過ぎていく。

フゥ…と一息ついて、新一は雨の中を走り出した。ブカブカの靴はこの上なく走りにくく、何度も脱げそうになる。さらにダブダブの服が雨に濡れて、ずっしりと重くなる。

橋の上で立ち止まった新一は、ハァハァ…と苦しそうに肩で息をした。

（たったこれだけ走っただけで、こんなに息があがっちまうなんて……）

フラフラと歩き出したがすぐに立ち止まり、何重にも折り曲げた袖から出た小さな手を見つめる。

（それにこの体……どうしちまったんだ、オレは……）

新一はトロピカルランドで起きた出来事を思い返した。黒ずくめの怪しい男を追ったら拳銃密輸してるヤツとの取り引き現場を目撃して、もう一人の黒ずくめの男に背後から殴られたんだ。そして目が覚めたら、体が縮んでいた――。

（……待てよ。確かあのとき、ヤツ等がオレを殴った後で……）

殴られた後のおぼろげな記憶をたぐり寄せる新一の脳裏に、黒ずくめの男の言葉が浮かんだ。

『コイツを使おう…組織が新たに開発した、この毒薬をな、何しろ遺体から毒が検出されないって触れ込みの、完全犯罪が可能なシロモノだ……まだ人には試したことがない、試作品らしいがな……』

黒ずくめの男はそう言って、新一に毒薬を飲ませた。カプセルを持った指を口に突っ込まれ、液体を無理やり飲まされたのを覚えている――。

(まさか……あの薬を飲んだせいで……)

記憶を完全に取り戻した新一は呆然と立ち尽くした。

(まさか……!?)

そのとき、突然まぶしい光が背後を照らした。振り返ると同時に、パパアァ…とけたたましいクラクションが鳴り響く。

「うわっっ」

目の前に迫ったトラックをギリギリのところでかわした。大きなタイヤが跳ね上げた水しぶきが新一に降り注ぐ。後輪を滑らせながら急停車したトラックの窓から、運転手が身を乗り出した。

「バカヤロォ!! 道の真ん中をウロウロしやがって! 気をつけろ、このクソガキがぁ!!」

橋の欄干に倒れ込んだ新一に怒声を浴びせると、トラックは行ってしまった。

新一がハハハ…と力なく笑う。

「ガキか……なさけねぇ……」

濡れた地面に手をついて立ち上がった新一は、脱げてしまった靴を履いて、とぼとぼと歩き出した。


雨はどんどん強くなっていった。歩道の排水口には雨と共に流れたゴミがたまり、水たまりができていた。傘を差した蘭は水たまりを跳ね上げて走った。

すると、歩道を走る蘭の横を二台のパトカーがサイレンを鳴らしながら通り過ぎていった。蘭の胸に不安がよぎる。

(まさか……本当に危ない目に遭ってたりしないよね……)

サイレンがどんどん小さくなり、蘭は湧き上がる不安をかき消すように首を振った。

(無事、家に戻ってますように……!)

足を速めた蘭は、新一の家へと向かった。

8

自分の家に戻ってきた新一は門扉によじ登り、取っ手に手を伸ばした。しかし、あと少しというところで届かない。

「くぅ……クソ……あっ！」

ズルリと足が滑り、地面に転げ落ちた。

いつもなら簡単に開けられるのに、小さくなってしまった今は門扉がとてつもなく高く見える。

「クソッ……オレは自分の家にも入れねーのかよ……。これじゃあ何もできねーじゃねーかよ！」

地面に座り込んだ新一が拳を振り下ろしたと同時に、

ドガン！

隣の阿笠邸から爆発音がした。

「うわわ⁉ マ、マズイ‼」

阿笠博士の声が聞こえたかと思うと——ドォォン‼ と塀が吹き飛んで、阿笠博士が飛び出してきた。向かいの塀に逆さまに張り付いた阿笠博士は頭から地面に落ちると、クルリと体を起こした。

「阿笠博士！」

そうだ。阿笠博士がいた！ 博士ならこの状況を理解して、体を元に戻してくれるかもしれない——新一が声をかけると、阿笠博士は「おぉ〜！」と顔をほころばせた。が、すぐにきょとんとした顔になる。

「……誰じゃ君は？」

「オレだよ、オレ！ 新一だよ‼」

新一が駆け寄ると、阿笠博士は立ち上がって新一の顔をじっと見た。

「何じゃ、新一の親戚の子か。そういえば、小さい頃の新一によく似とる……」

「違う！　オレが新一なんだよ!!　ほら、帝丹高校二年の工藤新一――」

自分を指差す新一の横で、阿笠博士は工藤邸のインターホンを押した。

「おーい、新一、お客さんだぞ～」

インターホンに顔を寄せる阿笠博士を見て、新一は「だぁ～！　信じてないな！」と頭をかきむしった。うっかりケガを負ったところに触れてしまい、

「あっ、いでででで……」

「お、おい、大丈夫か？」

阿笠博士が心配そうに近づく。新一は痛みをこらえて顔を上げ、阿笠博士を指差した。

「何なら博士のこと言ってやろーか!?　阿笠博士、五十二歳！　オレんちの隣に住んでいる風変わりな発明家で、自分じゃ天才と言ってるけど、作った物はガラクタばかり!!　おまけに、お尻のホクロから毛が一本生えてる!!」

新一がまくし立てると、阿笠博士は思わず自分の尻をムギュウとつかんだ。

「そ、それは新一しか知らないはず……まさか新一のヤツ、ワシの秘密を言いふらしておるんじゃ……！」

「聞いたんじゃなくて、オレが新一だって！　変な薬飲まされて小さくされちまったんだよ!!」

新一が必死に説明すると、阿笠博士は目を丸くした。

「薬で、小さく……？」

「ああ」とうなずく新一を、阿笠博士が真剣な表情でまじまじと見つめる。

「……薬……」

そうつぶやくと、いきなり新一の手を握って引っ張った。

「フン、そんな薬があれば、ワシがお目にかかりたいわ！　来い、怪しい小僧め！　警察に突き出してやる!!」

「ちょっ……！」

ズルズルと引きずられた新一は、慌てて阿笠博士の手を振り払った。

「じゃあこれならどーだ!?　博士！　あなたはさっきレストラン『コロンボ』から帰ってきましたね！　それもかなり急いで!!」

「ど、どうしてそれを……!?」

突然自分の行動を言い当てられた阿笠博士は、ギョッと目を見開いた。新一がすかさず阿笠博士の服を指差す。

「博士の服ですよ、前の方は濡れた形跡があるけど、後ろはそれがない！」

「!?」

阿笠博士は自分の背中を振り返った。言われて見れば確かに、白衣の背中部分は濡れていない――。

「雨の中、走ってきた証拠ですよ…それに、ズボンに泥が跳ねてる」

「何っ!?」

新一に足元を指差された阿笠博士は、ズボンの裾を見た。泥はズボンの裾だけでなく白衣の裏側にまで付いている。

「この近辺で泥が跳ねる道路は、工事中の『コロンボ』の前だけだ！　おまけに色が独特な『コロンボ』特製のミートソースがヒゲに付いてるしね」

阿笠博士は自分のヒゲを触ってみた。指に付いたミートソースを見て「ああっ」と驚く。

「そ、それじゃあ、君は……」

信じられないという顔つきで見ると、新一はチッチッチッと人差し指を振った。

「初歩的なことだよ、阿笠君♥」

と得意げな笑みを浮かべてウインクする姿が高校生の新一とだぶって見えて、阿笠博士は目をこすった。抜群の推理力、仕草、話し方まで——阿笠博士が知っている高校生の新一とそっくりだ。

「し、新一……まさか、本当に新一か!?」

「だーから、さっきから言ってんだろ？　薬で小さくされたって！」

目の前にいる小さな男の子をまじまじと見つめた阿笠博士は「う〜ん」とアゴをポリポリとかいた。

「まだ信じられん……科学的にこんなことは有り得るはずは……しかしさっきのは……」

独り言のようにブツブツとつぶやき、両手で自分の尻を寄せた。

「とりあえず、オレんちに入れてくれ」

新一が頼むと、阿笠博士は尻から手を離し、門扉の取っ手に手を掛けた。

ようやく自分の家に入ることができた新一は、階段を上がって二階にある自分の部屋のドアを開けた。明かりをつけて濡れた服を脱ぎ捨てると、ウォークインクローゼットに向かった。一番奥にあった段ボール箱から服を引っ張り出しながら、阿笠博士に体が小さくなってしまった経緯を話す。

「なにィ〜!? け、拳銃の密輸じゃと!?」

新一が渡したタオルで頭を拭いていた阿笠博士は、驚いてすっとんきょうな声をあげた。

「ああ……それをネタに、ゆすってるヤツ等を見ちまったんだよ」

「それで、君の口をふさぐために毒薬を……」

タオルを肩に掛けた阿笠博士は、うーむ…とアゴに手を当てて考え込んだ。そして段ボール箱をあさる新一をハッと見る。

「そうか……未完成だったその薬の不思議な作用で、体が小さくなってしまったというわけか」

「そういうこと!」

新一は段ボール箱からキッズサイズのシャツや半ズボン、青いジャケットを引っ張り出すと、それらを身に着けた。

「なぁ、頼むよ博士！　天才だろ？　オレの体を元に戻す薬を作ってくれよ！」

新一に言われた阿笠博士は「うー……」と頭をかいた。

「無茶を言うな！　その薬の成分がわからんことには……」

赤い蝶ネクタイをして青いジャケットに袖を通した新一は、クローゼットの中にある鏡を見た。鏡に映っているのは、やっぱり小さくなってしまった自分だ。

（ダッセー、ガキの頃の服がピッタリだぜ……）


服を着替えた新一は阿笠博士と一緒に書斎に移動した。

「じゃあ、ヤツらの居場所を突き止めて、あの薬を手に入れればいいんだな！」

「ああ……その薬があれば、何とかなるかもしれんが……」

阿笠博士は考え込んでいる新一の肩をつかんだ。

「新一！　小さくなったことはワシ以外には言ってはならんぞ!!」

「え？　何で……」

「君はまだ生きている……つまり、工藤新一だとわかったら、またヤツ等に命を狙われるじゃろう！　それに、君の周りの人間にも危害が及ぶ!!」

新一の肩をつかむ阿笠博士の手に力が込められた。

「いいか！　君の正体が工藤新一であることは、ワシと君だけの秘密じゃ!!　決して誰にも言ってはならん！　もちろん、あの蘭君にもじゃぞ!!」

阿笠博士に言われて、新一の頭に蘭の姿が浮かんだ。

ジェットコースターで見せた笑顔。殺人事件にショックを受けて泣いている顔。遊園地で別れたときの不安そうな顔――。

正体を明かせられないってことは、もう工藤新一として蘭に会えないってことか――？

でも……阿笠博士の言うことは最もだった。蘭にまで危害が及ぶのは絶対に避けなければ――。

「ああ……わかったよ……」

新一がうなだれたまま微かにうなずくと、

「新一～、いるの～？」

玄関の方から蘭の声がした。

「もぉ、帰ってるんなら電話ぐらい出なさいよー！　カギ開けっ放しよー!!」

ガチャンと玄関の扉が閉まる音がして、新一と阿笠博士は青ざめた。家に入ってきた蘭の足音が近づいてくる。

「ら、ら……蘭だ!!」

「いかん！　早く隠れろ！」

「か、隠れろって、ど、どこに？」

キョロキョロと部屋の中を見回した新一は走り出し、机の陰に隠れた。同時にドアがガチャリと開く。

「あら、阿笠博士」

書斎に入ってきた蘭の目に飛び込んできたのは、机に向かって白衣を広げている阿笠博士だった。

「い、いや〜、久しぶりじゃの〜、蘭君！」

白衣から手を離して蘭の方を振り返った阿笠博士は、上ずった声で言った。

「新一は？」

「いや、その……さっきまではいたんじゃが……その……何か、事件だ～！　とか言って、飛び出して行ってしまったんじゃ……」

机の陰からそーっと様子をうかがっていた新一は、慌てて机と椅子の間に隠れた。

(ん？)

机の一番下の引き出しが少し開いているのに気づいた。中に入っていたのは眼鏡だ。

(父さんの眼鏡！)

新一は眼鏡を手に取り、掛けてみた。

(変装、変装……っっ!!)

予想以上に眼鏡の度が強すぎて視界がグラリと揺れた。めまいがして机にゴンッと頭をぶつける。

「ん？」

物音に気づいた蘭が、阿笠博士の肩越しに机を覗いた。そして物音がした机に向かってツカツカと歩き出す。

（や、やべ！）

新一は慌てて眼鏡を取って、フレームからレンズを外した。

「なぁに、この子？」

蘭が机の下を覗き込むと、男の子が背を向けて隠れていた。阿笠博士がアタフタと駆け寄ってくる。

「い、いや、この子は……その…あ！」

蘭は椅子を押して、新一に近づいた。

「もぉ、照れ屋さんね、コラ！　こっち向きなさい！」

後ろから肩をつかまれた新一はすばやく眼鏡を掛けた。蘭が新一の肩を引っ張って自分の方に向かせる。

（マ、マズイ……）

蘭は眼鏡を掛けた新一の顔をまじまじと見つめた。

「こ、この子……」

（ヤベ‼）

驚いた顔で見つめる蘭に、新一はギクリとした。

ま、まさか、オレだってバレたか――……⁉

すると、蘭はいきなり新一をギューッと抱きしめた。

「かわい～～～～♥」

（……む、胸が……）

抱きしめられた拍子に蘭の胸が当たって、新一は思わずにやけてしまった。

「ねえ博士、この子だーれ？」

「あ、あぁ……ワ、ワシの遠い親戚の子じゃ……」

阿笠博士が苦し紛れにウソをついている間に、新一はこっそり蘭から離れた、が、

「ボク、いくつ？」

とすぐに蘭が迫ってきた。本棚に追い詰められた新一にさらに詰め寄ってくる。

「あ……じゅうろ――じゃなくて……六歳！」

危うく本当の年齢を言いそうになり、新一は慌てて子供っぽく言い直した。阿笠博士が

ハハハ…と苦笑いする。

「へぇ〜、小学一年生かぁ」

「う、うん……」

「名前はー？」

「な、名前は新——」

またもや正直に答えてしまいそうになり、新一は慌てて「でもなくて……」と訂正した。

「え、えーっと……名前は……」

「んー？」

本棚にへばりついた新一を、蘭が優しく見つめる。新一はうつむきながら必死で名前を考えた。

（名前……名前……）

しかし、とっさに出てこない。

そのとき——ふと背後の本棚に置かれた本のタイトルが目に入った。

《コナン・ドイル傑作選》
《江戸川乱歩　全集》

「……コナン！」

「え？」

「ボ、ボクの名前は、江戸川コナンだ!!」

とっさに目に付いた名前を組み合わせた新一はハハハ…と苦笑いした。

（やっべ……つい言っちまったぁ〜〜〜!!）

「コナン……？　変わった名前ねー……」

蘭が考え込んでいる隙に、新一はすばやく阿笠博士の後ろに隠れた。

「ボ、ボクのお父さんが、コナン・ドイルのファンで……それで……」

怪しまれないように必死で言い訳をする新一を見て、蘭は怪訝そうに眉をひそめた。

「何か似てるな……新一と……」

ますます考え込む蘭から逃れるように、阿笠博士は新一を抱きかかえて部屋の中央へ走った。

「何がコナンだ⁉　外国人じゃあるまいし」

「仕方ねーだろ？　他に思いつかなかったんだから……」

小声で話す二人を見つめる視線に気づいて横を向くと、いつの間にかそばに蘭が立っていた。

「うわぁっっっ‼」

驚いて声をあげる二人に蘭がきょとんとして、新一はへへへ…と笑ってごまかした。

「そ、そうじゃ、蘭君！　すまんが、少しの間、この子を君の家で預かってくれんか？」

阿笠博士のとんでもない提案に、新一は思わず「げっ」と声をあげた。

「冗談じゃ――」

冗談じゃない、と反対しようとした新一の口を、阿笠博士がとっさにふさぐ。

「この子の親が事故で入院してな、ワシが世話を頼まれたんじゃが、何せ男の独り暮らしだから……」

「ん～、いいけど……お父さんに相談してみないと――」

「そーか、そーか！　引き受けてくれるか!!」

「え？」

阿笠博士は半ば強引に頼み込むと、ハッハッハーと笑いながら新一を抱きかかえて廊下に出た。阿笠博士に口をふさがれていた新一が阿笠博士のヒゲを引っ張る。

「むぐう……イテテテ……！」

阿笠博士の手が緩むと、新一は阿笠博士のシャツをつかんで詰め寄った。

「蘭のところに居候して、正体がバレたらどうするんだよ！」

「まぁ聞け！」

阿笠博士は引っ張られたヒゲを痛そうに整えながら言った。

「君の死体が見つからなかったことは、いずれ黒ずくめの男達にもわかる…そのときは、この家に出入りしている者を真っ先に疑うじゃろう」

「じゃあ、博士の家でもいいじゃねーかよ」

「君が元の姿に戻るには、まずは薬を使ったヤツ等を捜さにゃならんじゃろう」

「そりゃ、そうだけど……？」

「蘭君の家は探偵事務所じゃぞ」

阿笠博士の言葉に、新一はハッと目を見開いた。

「そうか！　ヤツ等の情報が入るかもしれない！」

「そのとおりじゃ」

阿笠博士がうなずくと、新一は宙を見つめた。

確かに……博士の言うとおりだ。蘭に正体がバレるリスクはあるが、黒ずくめの男達を捜すのに探偵事務所は好都合だ――。

「ちょっと博士！」

蘭がドアを開けて廊下に出てくると、新一は「わ～い♥」と子供っぽく振る舞いながら駆け寄った。

「ボク、お姉ちゃん家がいい～♥」

と蘭の足にピトッとしがみつく。

「かわいい～♥」

自分の演技にすっかりはまっている蘭を見て、新一はハハハ…と苦笑いした。

蘭の家に居候するってことは、これからも蘭に対してこんなふうに子供っぽく振る舞わなきゃいけないってことか……。

蘭が新一を連れて帰ることになり、阿笠博士は自宅の門の前で二人を見送った。

「じゃあ博士、新一が帰ったら連絡するように言っといて」

「おお、わかった！」

阿笠博士が返事をすると、蘭に手を引かれた新一は手を振った。

「じゃあねー、オジちゃん！　バイバーイ!!」

「またな～、コ…コナン君」

手を振り返した阿笠博士は、並んで歩いていく二人の後ろ姿を見て、フゥー…と深く息を吐いた。

（あとはうまくやるんじゃぞ、新――いや、江戸川コナン君……）

いつの間にか雨は止み、雲が切れた夜空には三日月がぼんやりと輝いていた。

「ねえ、コナン君、……コナン君？」

蘭に手を引かれて住宅街を歩いていた新一――コナンは、聞き慣れない名前で何度も呼ばれて「え？」と顔を上げた。

「あ、なぁに？　蘭…姉ちゃん」

(慣れねぇな、この名前……)

自分で付けた名前とはいえ、慣れるには時間がかかりそうだ。

蘭は歩きながら手に持った傘の水滴を払うように振っていたが、ピタリと止めた。

「コナン君は好きな子、いる？」

「……え？」

「ほら、気になる子とかいるでしょ？　学校に」

「い、いないよ、そんな子……」

出し抜けに何を訊いてくるんだよ――と焦っていると、

「わたしはいるよ！　すっごく気になるヤツ」

蘭がニッコリ笑って言った。

「へー……それ、ひょっとして、さっき捜してた新一って兄ちゃんのことじゃないの？」

コナンがからかうように言うと、空を見上げていた蘭が振り返って目が合った。いつもと違う角度から見る蘭は何だか大人びて見える。

「んー……そうよ」

かわいらしく首を傾げた蘭は、頬をほんのり赤く染めながら答えた。

「!!」

「ちっちゃい頃から意地悪で、いつも自信たっぷりで、推理オタクだけど……いざというときは頼りになって、勇気があって、カッコよくって……」

真っ赤になったコナンは、蘭の告白を聞けば聞くほど恥ずかしくなって、うつむいた。顔が熱くて湯気でも出てしまいそうだ。

「……わたし、新一がだーい好き!!」

決定的な言葉を言われて、コナンはさらにカーーーッとのぼせ上がった。

「あ、でもこれ、新一には内緒だよ」

頬を赤らめた蘭が座り込んで、コナンの顔を覗き込む。

「う、うん……」

真っ赤になったコナンがコクンコクンと何度もうなずいた。

「コナン君にしか言ってないんだからね！」

と恥ずかしそうに微笑む蘭は、いつもよりかわいらしく見えて、コナンは胸がドキドキした。

「本当に言っちゃやダメだよ、新一に」

家に着くまでの間、蘭は何度も念押しをした。

言っちゃやダメだよ、と言われても思い切り本人に伝わっちゃってるんだよな――蘭と手をつないだコナンは顔を真っ赤にしながら、心の中でつぶやいた。


「ここよ、わたしの家」

蘭は一階に『ポアロ』という喫茶店がある三階建てのビルを指差した。通り側の窓に『毛利探偵事務所』とウインドウフィルムが貼られた二階はまだ明かりがついている。

「な～んかカワイイ弟ができちゃったみたいね、コナン君には何でも言えちゃいそう！

お父さんいるみたいだから紹介するね！　来て」

蘭が階段を上がろうとすると、

「あのさ……蘭」

コナンは入り口の前で呼び止めた。

蘭と一緒に歩いている間、ずっと考えていた。

このまま小学生の男の子だと偽って、蘭の家に居候していいんだろうか？

蘭はオレのことを好きだと言ってくれた。その蘭を欺いたまま、そばにいていいのか？

やっぱり、蘭にだけは本当のことを伝えるべきだ――。

「じ、実は、オレ……」

「な～に？」

振り返った蘭がニコリと微笑む。

「オレ、本当は――」

コナンが事実を伝えようと口を開いたとき――二階の事務所のドアが勢いよく開いた。

「やったぜー!!」

飛び出してきた小五郎がドタドタと階段を下りてくる。

「わっ、たっ、たったっ、あ!!」

勢いがよすぎて前のめりになった小五郎は、階段を踏み外してズサァ――と入り口に滑り落ちた。

「な、何よぉ、お父さん!?」

「来たぞ、来たぞ、来たぞぉ！　仕事だぁ!!」

勢いよく立ち上がった小五郎は万歳をすると、

「半年ぶりのまともな仕事が来たんだぁ――!!」

車道に出ていき、走ってきたタクシーを止めようと手を上げた。が、すでに客が乗っていてパパアァーとクラクションが鳴り、小五郎は「うおっと！」と走ってくるタクシーをよけた。

「もぉ、危ないなぁ！　何よ、仕事って？」

蘭がたずねると、小五郎は再び車道に出て手を上げた。

「金持ちの娘が誘拐されたんだ！　黒ずくめの男にな!!」

小五郎の言葉に、コナンは目を見張った。

（!!　黒ずくめの男――!?）

コナンの脳裏に、トロピカルランドで出会った黒ずくめの男達が浮かんだ。

アイツ等が――……!?

反対車線でタクシーが停まり、小五郎が走っていく。コナンも駆け出した。

「あ、コナン君！」

蘭も後を追い、小五郎が乗ったタクシーにコナンと共に乗り込む。

「フッフッフ……事件が俺を呼んでいる……この名探偵、毛利小五郎をなぁ!!」

タクシーが走り出して高速道路に入ったとき、自分に酔いしれていた小五郎がようやく蘭とコナンの存在に気づいた。

「何でオマエが乗ってるんだぁ!!」

「この子が勝手に乗っちゃったからよ！」

蘭に指差されて、コナンは慌てて「お車、お車！　わ～い♥」と子供っぽくはしゃいでみせた。

「何だ、コイツは!!」

「阿笠博士の親戚の子よ」

「仕事の邪魔するな！　すぐに降りろ!!」

「無理に決まってんでしょ！　高速道路なんだから!!」

怒鳴り合う小五郎と蘭の間に座ったコナンは、険しい顔で前を見つめた。

待ってろ、黒ずくめの男。

オマエ等らの居場所を突き止めて、あの薬を手に入れ、元の体に戻ったら……。

オマエ等の悪事を全て暴いてやるからな――!!


結局、金持ちの娘を誘拐したという黒ずくめの男は、新一の体を小さくしたヤツ等ではなかった。

こうして新一は黒ずくめの男達の情報をつかむために、父親が探偵をやっている蘭の家に転がり込んだ。ところが、蘭の父親――小五郎はとんだヘボ探偵だった。

見かねた新一は小五郎に成り代わり、持ち前の推理力と阿笠博士が発明したメカを駆使して、次々と難事件を解決していった――。

9

アメリカ・ニューヨーク市の中心街であるマンハッタン島とブルックリン区を結ぶブルックリン橋を黒いスポーツカー・コブラが駆け抜けた。

ライトアップされた橋の向こうにはきらびやかなマンハッタンの摩天楼が広がり、橋を渡った黒のコブラは片側二車線の道路を走った。

「ええ……そう……今、ドラマのロケ現場に移動中…それを撮り終えればクランクアップだから、そっちへ行けるわ……」

ハリウッド女優のクリス・ヴィンヤードはハンドルを握りながら右耳に掛けた通信機で話していた。通信相手は、彼女を黒ずくめの組織のコードネーム『ベルモット』と呼ぶ。

「ピスコがヘマしないように手助けすればいいんでしょ？　ちょうどそっちへ行く用事も

あるし……」

ベルモットはダッシュボードの上に固定されたスマホを見た。画面の日本のニュースサイトには『高校生探偵また事件解決』の見出しと共に工藤新一の顔写真が表示されている。

「……彼にも会いたいしね……」

ふとスマホから視線を上げたベルモットは、バックミラーに映る車に目を見張った。ＵＳシビックを運転する眼鏡の女性——あれは……。

ベルモットは形のいい唇に笑みを浮かべた。

「じゃあ切るわね、ＦＢＩの子猫ちゃんをまかなきゃいけないから……、そっちで会いましょう……ジン……」

通信機を切ると、左足でクラッチペダルを踏み、アクセルをふかした。回転計の針がグインと右に跳ね上がる。三速から四速へシフトチェンジすると、マフラーがボボボ…と火を吐いた。コブラが一気に加速して、ＵＳシビックを引き離していく——。

取り残されたＵＳシビックを運転していたＦＢＩ捜査官のジョディ・スターリングは悔

しげに歯噛みすると、ハンドルを左に切って隣の車線に飛び出た。車の間を縫って猛スピードで進むACコブラを追う。

やがて交差点に差しかかった。信号が黄色になり、前の車がスピードを落とすと、コブラは左に出て先頭に並んだ。信号が赤に変わり、何台か後ろでジョディも停まる。

反対側の信号が青になり、信号待ちしていた車が両側から一斉に走り出した。すると、コブラが信号を無視して交差点に突っ込んだ。左右から迫る車をギリギリでかわし、ドリフトで交差点を曲がっていく——！

ジョディも慌てて車を発進させた。しかし、交差点は立ち往生する車でふさがれて進めない——。

「Shit!! Move it!! Out of my way!!（クソッ!!　どいて!!　道を開けなさい!!）」

ジョディはクラクションを鳴らしながら叫んだ。

「Move it!!（どいて!!）」

すると、後ろから「無駄だ」という低い声がした。

後部座席にはニット帽をかぶった男——赤井秀一が座っていた。

ジョディが振り返る。

「で、でも、シュウ……」

「オマエのドライブテクじゃ追いつけやしない」

「…………」

ジョディは悔しそうにベルモットが去った方を見た。

「だが安心しろ、行き先はわかってる」

「え？　どこ？」

ジョディがたずねると、赤井は窓から摩天楼の先を見上げた。

「……日本だ……」

10

夜が更け、人々が寝静まった頃——ガチャリと工藤邸の玄関のカギを開ける音がした。

黒ずくめの男がドアを開くと、月明かりが差し込んだ室内を覗き込み、誰もいないことを確認して中に入った。別の黒ずくめの男と女が後に続き、最後にシェリーも足を踏み入れる。

三人は上がり口の前で立ち止まり、懐中電灯を点灯させると、背後のシェリーを振り返った。シェリーがうなずく。一同は足跡がつかないようにシューズカバーをつけると、バラバラに分かれて捜索を始めた。

シェリーは懐中電灯を片手に階段を上った。廊下を進み、一番手前にある部屋のドアを開ける。そこは新一の部屋だ。

部屋に入ったシェリーは懐中電灯で照らして室内を探った。机やベッド、本棚、そして壁に貼られたサッカー選手のポスターと、一見ごく普通の男子高校生の部屋だ。

きれいに片付けられた机の上にメモのような物が置かれているのに気づき、シェリーは近づいた。懐中電灯で照らすと、それは蘭の書き置きだった。

『新一どこにいるの？
連絡ください
ってか連絡しろ!!』

文鎮代わりに置かれていたチェスの駒を動かしてメモをめくると、トロピカルランドで撮った新一と蘭の写真があった。並んで笑顔でピースサインをしている二人を見て、シェリーは、あっと小さく声を漏らす。

あれは二か月ほど前のことだ。

車で移動していたとき、退屈で窓の外を眺めていたら、公園のそばを仲良さげに歩いているカップルがいた。

あれが工藤新一だったのか――。

彼女と遊園地で仲良くデートか――。

おそらくこれは毒薬を飲まされた当日に撮ったものだろう。

取り引き現場を見た工藤新一に、ジンはシェリーが開発した毒薬『ＡＰＴＸ４８６９』を飲ませた。しかし、その場で死んだはずの工藤新一の死体が、なぜかいまだに発見されていない。それで工藤新一の家に調査が入ったのだ。

一度目の調査のときは家の中はホコリだらけで、誰も住んでいる形跡はなかった。そして一か月後の今日――二度目の調査に来てみたのだが、どこも変わった様子はない。このメモと写真が新たに机に置かれていただけだ。

となるとやはり、工藤新一も多くのマウス同様に死んだのか――……？

新一と蘭のツーショット写真をしらけた目で見たシェリーはプイッと顔を逸らし、机の反対側を見た。クローゼットがある。

シェリーはクローゼットに近づき、扉を開けた。中はウォークインクローゼットになっていて、服の他にもサッカーボールやスパイク、そしていくつか段ボール箱が置かれている。

懐中電灯で照らしながら中に入ったシェリーは、フタの開いた段ボール箱に目が留まった。ひざをついて段ボール箱を覗き込むと、中は空っぽだった。

何も入っていない段ボール箱――シェリーは眉をひそめた。

一か月前に来たときは、確か段ボール箱は閉まっていたはずだ。おそらく誰かが最近になって開けて、中身をごっそり持っていったのだ。

（まさか……生きてる……？）

シェリーの脳裏に実験体のマウスが浮かんだ。仰向けに倒れて冷たくなったマウス達の中に、一匹だけ元気に動き回っているのがいた。しかもそのマウスの体は小さくなっていて……。

シェリーは段ボール箱のフタの表側を見た。そこには、『新ちゃんの子供服♥』とマジックで書かれていた。

（やっぱり……!!）

工藤新一は死んでいない。

幼児化して、生きてる――!!

シェリーはゆっくりと立ち上がった。

（でも、一体どこへ……）

この家には戻った形跡がない。どこか別の場所で身を隠しているのか――？

「!!」

そのとき、シェリーの頭に姉・宮野明美の言葉が浮かんだ。

あれは――つい先日、久しぶりに姉とカフェでお茶をしたときだ。


「江戸川コナン？」

コーヒーを飲んでいたシェリーは、姉の口から出た奇妙な名前を聞き返した。テーブルをはさんで座った明美は、ジュースをストローでかき回しながらうなずく。

「ほら、この前話した眼鏡の男の子よ、あなたも何か用があって、米花町の誰かの家に行ったって言ってたでしょ？」

「ああ……工藤新一……」

シェリーは眉をひそめてうつむくと、コーヒーをすすった。

「そうそう、あの近所の探偵事務所の子よ」

「……その子がどうかしたの？」

シェリーがコーヒーカップを置いてたずねると、明美はあごに手を当てて、うーんと首を傾げた。

「何か変わってるのよねー、子供のくせに落ち着いてるっていうか、大人っぽいっていうか……」

（……なるほど……）

あのときはたいして興味も持てずに聞き流していたけれど、その『江戸川コナン』という眼鏡の男の子は、おそらく――。

シェリーは振り返り、机に置かれた写真を見た。

ラボに戻ったシェリーは、パソコンの電源をつけた。静かな空間に起動音が小さく鳴り響く。

キーボードをすばやく叩いて実行キーを押すと、モニター上で何かのファイルが開いた。

シェリーはずらりと名前が表示された画面をマウスでスクロールさせた。

すると、『工藤新一』の名前があった。その隣には『不明』の表記――。

シェリーは椅子の背にもたれて、その名前を凝視した。

そしておもむろに身を乗り出し、マウスで『不明』の後ろをクリックする。

バックスペースキーを押して『不明』を消すと、代わりに『死亡』と入力して、実行キーを押した。

再びマウスで画面をスクロールして最下段に行くと、署名欄があった。タブレットペンで『Ｓｈｅｒｒｙ』とサインして、実行キーを押す。

ファイルが閉じられ、シェリーは再び椅子の背に寄りかかった。フゥ…と息を吐く。

工藤新一——いいえ、今の名は江戸川コナン…。

私が開発した毒薬『APTX4869』を飲んで、死ななかった人間…。

非常に興味深い素材だから、死なすのは惜しい——。

シェリーはニヤリと口の端を持ち上げると、コーヒーを淹れようと流し台に向かった。

Shogakukan Junior Bunko 

★小学館ジュニア文庫★

名探偵コナン エピソード"ONE" 小さくなった名探偵

2016年12月14日 初版第1刷発行
2018年 2 月25日 第3刷発行

著者／水稀しま
原作／青山剛昌
脚本／山本泰一郎・柏原寛司

発行人／立川義剛
編集人／吉田憲生
編集／伊藤 澄

発行所／株式会社 小学館
〒101-8001 東京都千代田区一ツ橋2－3－1
電話 編集 03-3230-5105
販売 03-5281-3555

印刷・製本／加藤製版印刷株式会社

カバーデザイン／石沢将人＋ベイブリッジ・スタジオ

Printed in Japan ISBN 978-4-09-231133-6

〈大人気！「名探偵コナン」シリーズ〉

名探偵コナン　瞳の中の暗殺者

名探偵コナン　天国へのカウントダウン
名探偵コナン　迷宮の十字路
名探偵コナン　銀翼の奇術師
名探偵コナン　水平線上の陰謀
名探偵コナン　探偵たちの鎮魂歌
名探偵コナン　紺碧の棺
名探偵コナン　戦慄の楽譜
名探偵コナン　漆黒の追跡者
名探偵コナン　天空の難破船
名探偵コナン　沈黙の15分
名探偵コナン　11人目のストライカー
名探偵コナン　絶海の探偵

名探偵コナン　異次元の狙撃手
名探偵コナン　業火の向日葵
名探偵コナン　純黒の悪夢
名探偵コナン　から紅の恋歌

ルパン三世VS名探偵コナン　THE MOVIE
名探偵コナン　江戸川コナン失踪事件　史上最悪の二日間
名探偵コナン　コナンと海老蔵　歌舞伎十八番ミステリー
名探偵コナン　エピソード"ONE"　小さくなった名探偵
小説　名探偵コナン　CASE1〜4

★小学館ジュニア文庫★ ワクワク、ドキドキがいっぱいのラインナップ

〈ジュニア文庫でしか読めないオリジナル〉

いじめ 14歳のMessage
お悩み解決！ ズバッと同盟 長女VS妹、仁義なき戦い!?
お悩み解決！ ズバッと同盟 おしゃれコーデ、対決!?
緒崎さん家の妖怪事件簿
緒崎さん家の妖怪事件簿 桃×団子パニック！
緒崎さん家の妖怪事件簿 狐×迷子パレード！
華麗なる探偵アリス&ペンギン
華麗なる探偵アリス&ペンギン ワンダー・チェンジ！
華麗なる探偵アリス&ペンギン ミラー・ラビリンス
華麗なる探偵アリス&ペンギン サマー・トレジャー
華麗なる探偵アリス&ペンギン トラブル・ハロウィン
華麗なる探偵アリス&ペンギン ペンギン・パニック！
華麗なる探偵アリス&ペンギン ミステリアス・ナイト
華麗なる探偵アリス&ペンギン アリスVS.ホームズ
華麗なる探偵アリス&ペンギン アラビアン・デート
華麗なる探偵アリス&ペンギン パーティ・パーティ

きんかつ！
きんかつ！ 恋する妖怪と舞姫の秘密
ギルティゲーム
ギルティゲーム stage2 無限駅からの脱出
ギルティゲーム stage3 ペルセポネー号の悲劇
ギルティゲーム stage4 ギロンパ帝国へようこそ！

銀色☆フェアリーテイル ①あたしだけが知らない街
銀色☆フェアリーテイル ②きみだけに贈る歌
銀色☆フェアリーテイル ③夢、それぞれの未来
ぐらん×ぐらんぱ！ スマホジャック
ぐらん×ぐらんぱ！ スマホジャック ～恋の一騎打ち～
12歳の約束

女優猫あなご

白魔女リンと3悪魔
白魔女リンと3悪魔 フリージング・タイム
白魔女リンと3悪魔 レイニー・シネマ
白魔女リンと3悪魔 スター・フェスティバル
白魔女リンと3悪魔 ダークサイド・マジック
白魔女リンと3悪魔 フルムーン・パニック
白魔女リンと3悪魔 エターナル・ローズ
天才発明家ニコ&キャット
天才発明家ニコ&キャット キャット、月に立つ！
謎解きはディナーのあとで
のぞみ、出発進行!!
バリキュン!!
ホルンペッター
ぼくたちと駐在さんの700日戦争 ベスト版 闘争の巻

さくら×ドロップ　レシピ1：チーズハンバーグ
ちえり×ドロップ　レシピ1：マカロニグラタン
みさと×ドロップ　レシピ1：チェリーパイ
ミラチェンタイム☆ミラクルらみぃ
メデタシエンド。〜ミッションはおとぎ話のお姫さま……のメイド役!?〜
メデタシエンド。〜ミッションはおとぎ話の赤ずきん……の猟師役!?〜
もしも私が【星月ヒカリ】だったら。
ゆめ☆かわ　ここあのコスメボックス
ゆめ☆かわ　ここあのコスメボックス　ヒミツの恋とナイショのモデル

夢は牛のお医者さん
螺旋のプリンセス

〈思わずうるうる…感動ストーリー〉

きみの声を聞かせて　猫たちのものがたり―まぐ・ミクロ・まる―
こむぎといつまでも―余命宣告を乗り越えた奇跡の猫ものがたり―
世界からボクが消えたなら　映画「世界から猫が消えたなら」キャベツの物語
世界から猫が消えたなら
世界の中心で、愛をさけぶ
天国の犬ものがたり〜ずっと一緒〜
天国の犬ものがたり〜わすれないで〜
天国の犬ものがたり〜未来〜
天国の犬ものがたり〜夢のバトン〜
天国の犬ものがたり〜ありがとう〜
天国の犬ものがたり〜天使の名前〜
天国の犬ものがたり〜僕の魔法〜

動物たちのお医者さん
わさびちゃんとひまわりの季節

〈発見いっぱい！　海外のジュニア小説〉

シャドウ・チルドレン1　絶対に見つかってはいけない
シャドウ・チルドレン2　絶対にだまされてはいけない

★小学館ジュニア文庫★ ワクワク、ドキドキがいっぱいのラインナップ

〈話題の映画&アニメノベライズシリーズ〉

アイドル×戦士 ミラクルちゅーんず！
あさひなぐ
兄に愛されすぎて困ってます
一礼して、キス
海街diary
映画くまのがっこう パティシエ・ジャッキーとおひさまのスイーツ
映画プリパラ み～んなのあこがれ♪レッツゴー☆プリパリ
映画妖怪ウォッチ 空飛ぶクジラとダブル世界の大冒険だニャン！
映画妖怪ウォッチ シャドウサイド 鬼王の復活
おまかせ！みらくるキャット団 ～マミタス、みらくるするのナ～

怪盗グルーのミニオン大脱走
怪盗ジョーカー 開幕！怪盗ダーツの挑戦!!
怪盗ジョーカー 追憶のダイヤモンド・メモリー
怪盗ジョーカー 闇夜の対決！ジョーカーVSシャドウ
怪盗ジョーカー 銀のマントが燃える夜
怪盗ジョーカー ハチの記憶を取り戻せ！
怪盗ジョーカー 解決！世界怪盗ゲームへようこそ!!
境界のRINNE 謎のクラスメート
境界のRINNE 友だちからで良ければ
境界のRINNE ようこそ地獄へ！
くちびるに歌を
劇場版アイカツ！
劇場版ポケットモンスター キミにきめた！

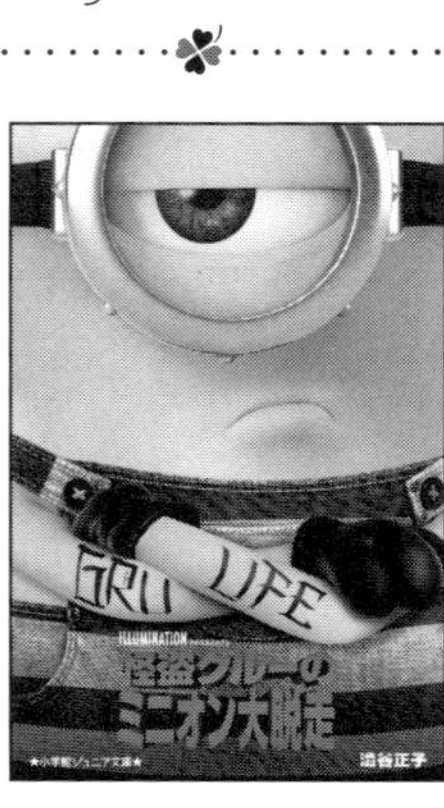

心が叫びたがってるんだ。
貞子VS伽椰子
真田十勇士
ザ・マミー 呪われた砂漠の王女
SING シング
シンドバッド 空とぶ姫と秘密の島
シンドバッド 真昼の夜とふしぎの門
呪怨―ザ・ファイナル―
呪怨―終わりの始まり―
小説 映画ドラえもん のび太の宝島

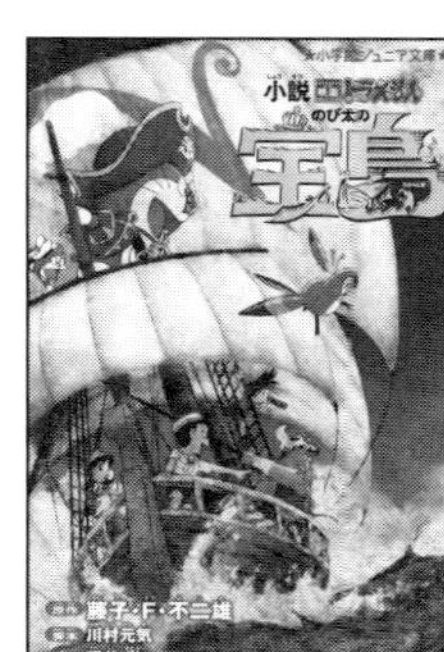

スナックワールド

8年越しの花嫁　奇跡の実話

未成年だけどコドモじゃない

トムとジェリー シャーロック ホームズ

NASA超常ファイル　～地球外生命からの挑戦状～

二度めの夏、二度と会えない君

バットマンVSスーパーマン　エピソード0 クロスファイヤー

ペット

ポケモン・ザ・ムービーXY　破壊の繭とディアンシー

ポケモン・ザ・ムービーXY　光輪の超魔神フーパ

ポケモン・ザ・ムービーXY&Z　ボルケニオンと機巧のマギアナ

ポッピンQ

まじっく快斗1412　全6巻

ミニオンズ

〈この人の人生に感動！　人物伝〉

井伊直虎　～民を守った女城主～

西郷隆盛　敗者のために戦った英雄

杉原千畝

ルイ・ブライユ　暗闇に光を灯した十五歳の点字発明者

★「小学館ジュニア文庫」を読んでいるみなさんへ★

この本の背にあるクローバーのマークに気がつきましたか？

オレンジ、緑、青、赤に彩られた四つ葉のクローバー。これは、小学館ジュニア文庫のマークです。そして、それぞれの葉の色には、私たちがジュニア文庫を刊行していく上で、みなさんに伝えていきたいこと、私たちの大切な思いがこめられています。

オレンジは愛。家族、友達、恋人。みなさんの大切な人たちを思う気持ち。まるでオレンジ色の太陽の日差しのように心を暖かにする、人を愛する気持ち。

緑はやさしさ。困っている人や立場の弱い人、小さな動物の命に手をさしのべるやさしさ。緑の森は、多くの木々や花々、そこに生きる動物をやさしく包み込みます。

青は想像力。芸術や新しいものを生み出していく力。立場や考え方、国籍、自分とは違う人たちの気持ちを思い、協力しあうことも想像の力です。人間の想像力は無限の広がりを持っています。まるで、どこまでも続く、澄みきった青い空のようです。

赤は勇気。強いものに立ち向かい、間違ったことをただす気持ち。くじけそうな自分の弱い気持ちに立ち向かうことも大きな勇気です。まさにそれは、赤い炎のように熱く燃え上がる心。

四つ葉のクローバーは幸せの象徴です。愛、やさしさ、想像力、勇気は、みなさんが未来を切りひらき、幸せで豊かな人生を送るためにすべて必要なものです。

体を成長させていくために、栄養のある食べ物が必要なように、心を育てていくためには読書がかかせません。みなさんの心を豊かにしていく本を一冊でも多く出したい。それが私たちジュニア文庫編集部の願いです。

みなさんのこれからの人生には、困ったこと、悲しいこと、自分の思うようにいかないことも待ち受けているかもしれません。どうか「本」を大切な友達にしてください。どんな時でも「本」はあなたの味方です。そして困難に打ち勝つヒントをたくさん与えてくれるでしょう。みなさんが「本」を通じ素敵な大人になり、幸せで実り多い人生を歩むことを心より願っています。

小学館ジュニア文庫編集部